让日常阅读成为砍向我们内心冰封大海的斧头。

［挪威］佩尔·帕特森 著
宁蒙 译

处境如我

四川文艺出版社

图书在版编目（CIP）数据

处境如我 /（挪威）佩尔·帕特森著；宁蒙译 . -- 成都：四川文艺出版社，2023.11
 ISBN 978-7-5411-6754-6

Ⅰ. ①处… Ⅱ. ①佩… ②宁… Ⅲ. ①长篇小说—挪威—现代 Ⅳ. ① I533.45

中国国家版本馆 CIP 数据核字（2023）第 161229 号

MENN I MIN SITUASJON by Per Petterson
Copyright © 2018 by Per Petterson
First published by Forlaget Oktober AS, 2018
Published in agreement with Oslo Literary Agency, through
The Grayhawk Agency Ltd.
Simplified Chinese edition copyright © 2023
by Beijing Xiron Culture Group Co., Ltd.
All rights reserved.

版权登记号：图进字 21-2023-241 号

CHUJING RU WO
处境如我

［挪威］佩尔·帕特森 — 著

宁蒙 — 译

出 品 人	谭清洁
特约监制	冯 倩
责任编辑	王思鈜
封面绘图	王一冷
责任校对	段 敏
出版发行	四川文艺出版社（成都市锦江区三色路 238 号）
网　　址	www.scwys.com
电　　话	010-82068999（市场部）　028-86361781（编辑部）
印　　刷	三河市冀华印务有限公司
成品尺寸	140mm×200mm　　　开　本　32 开
印　　张	9.75　　　字　数　185 千
版　　次	2023 年 11 月第一版　　印　次　2023 年 11 月第一次印刷
书　　号	ISBN 978-7-5411-6754-6
定　　价	52.00 元

版权所有·侵权必究。如有质量问题，请与本公司图书销售中心联系调换。电话：010-82069336

目录

第一卷 _001

第二卷 _019

第三卷 _067

第四卷 _099

第五卷 _183

第六卷 _291

第一卷

第一章

那天是星期日，1992 年 9 月，时间差不多是早上七点。前一天晚上我出门了，最后一个小时是在托尔布大街上一家药房改建的酒吧里度过的。我没有跟任何人回家。那年，那样的时节，这几乎是不寻常的事，因为我总是会去奥斯陆市中心，违背我的本性去酒吧或者咖啡馆，找一个烟雾缭绕、人声鼎沸的场所，突然就有了归属感，于是我推门而入，仔细环顾四周，心想着今晚我要睡哪儿。几个小时后离开咖啡馆、夜店或酒吧的时候，我很少落单。过去的那几个月里，我去过的卧室、房子、城区，远比想象中我这样的男人可能做到的多得多。但那样的日子无疾而终，我曾想成为一团篝火，但现在我这团篝火中灰烬远多于火苗。

所以那天早晨电话铃响的时候，我正躺在自己的床上。我完全不想接电话，感觉自己精疲力竭。我的确喝了酒，但喝得不多，而且我确信自己在晚上十一点之后肯定没喝。我在市中心坐托森线公交车，在已经变成环岛的十字路口下车，冒着小雨经过萨格纳教堂继续朝比约尔森走。走进公寓的时候我还感觉良好,并且确信酒已经醒了不少。

让我累成这样的,是我做的那些梦。已经到了第二页,但依旧很难解释它们怎么会让我如此疲惫,这我之后再说。

我本想再多睡至少一个小时,然后起床烧水泡咖啡,坐到写字桌前尽可能地写上几小时,尽管今天是星期日。但电话不肯罢休,于是我只好翻身下床冲进客厅去接,我这么做是因为感觉再让它响下去我就"违规"了。我总是有这样的幻觉——到现在都还有:我必须接电话,不然必遭惩罚。

是图丽的声音。一年前她带着姑娘们搬进了谢腾的一栋联排别墅。她在哭,据我判断她正用手掩着嘴压低声音,于是我说,图丽,出了什么事。但她不愿回答。你在家吗?我问。她不在。那么图丽,你在哪儿呢?我问。她不知道。你不知道你在哪儿?我问。她哭着说不知道。她不知道自己在哪儿。

该死,我心想。如果她哭成这样又不在家,那么姑娘们呢?那可是三个呀。她们反正不在我这儿,图丽的母亲在新加坡。我母亲去世了,我父亲也去世了,连我的兄弟们都差不多死绝了。你想让我过去接你吗?我问,因为我估计她的车不在她待的地方。她一边哭一边继续说,是的,所以我才打电话的,我没有其他人了。我心想，没有其他人的话你也就没什么人了。但这话我没说出口，我说的是，但我也得知道你在哪儿呀，你在的地方看上去什么样子？这儿有个火车站，她哭着说，是黄色的，但没有火车。没有吗？我说，可能是时间有点早，怎么说今天也是星期日呀。她却说，不是，我不是那个意思，我的意思是没有可以跑火车的铁轨。

我想了想可能是什么地方，合情理的距离之内可供选择的地方并不多。肯定是别克朗根，我想不出其他可能性，天哪，离这儿五十公里，或许更远，六十公里也难说，她怎么会在那儿？没开车，没同伴，况且还在这个时间点。但这些我都不能问她，这都不关我的事，我还是管好我自己吧——其实我管得还算不错。其余的不管怎么说都算是翻篇了。我甚至都不怀念，我心想，毕竟已过如此漫长的一年。但念起念落，我已经不那么确定了。

我知道你在哪儿，我说，我五分钟后出门。谢谢，她说。然后我说，到那儿得花点时间。这我心里有数，她说。我心想，她心里怎么会有数，她都不知道自己在哪儿。

红色的电话亭，从那里她大概可以看到废弃的黄色火车站。如果我猜对了，找到她并不难。当然也可能是另一座废弃的火车站，在另一个方向的好几英里开外，但我想不出来。

我飞快地冲了个澡，套上那件詹姆斯·迪安[1]的短夹克，抓了半个圆面包，小跑下楼。来到紧挨着公交车站的停车场，就在比约尔森的德利律师广场边我住的那栋黄色砖房跟前，坐进我那辆十三岁高龄的旅行车——香槟色的马自达929。

我三刻钟就到了，很快。再快就得坐牢了。

开进别克朗根之前有加油站的那个十字路口，我左转一直开过农业共购社（Fellleskjøpet），黄色的社标直接画在参天的圆柱形谷仓塔上，中间一缕麦穗，用绿色把首字母F和K画在了两边。然后我在下一个十字路口处右转驶进车站路，那里有个带咖啡馆的酒店。所有窗户都是黑的，没有一盏明灯，一定是倒闭了，在我上次来过之后。我完全不意外，酒店开在别克朗根怎么可能赚钱。

路前方一点，离那座旧火车站建筑不远处，果然戳着那个红色的电话亭。我一直向前开，把车开到火车站跟前然后停下，那里还有个公交车站，看上去像是终点站，但我没看见图丽。

车站没有公交车，悄无声息，我的车是火车站前停着的三辆车之一。另外两辆分别是一辆轿车和一辆旅行车，都是沃尔

---

1 詹姆斯·迪安（1931—1955），美国男演员，主演电影《无因的反叛》《巨人传》等。在其所处年代，詹姆斯·迪安是反叛和浪漫的代名词。1955年9月30日，他因车祸英年早逝，为后世留下传奇。——编者注（本书除特别说明外均为译者注）

沃，都是蓝色的，都不新。在别克朗根基本上每个人都知道哪辆车是谁的，突然冒出一辆半旧不新的香槟色的马自达，挂着此地没人见过的车牌，周围房子里的某个住户透过某扇窗看到后，对另一个人说，这他妈的是谁的车——这念头让我焦虑起来。得想办法速战速决，来无影去无踪。她当然不会在众目睽睽之下坐在车站的正门外，于是我绕到严格来讲真正的正面——至少当年是，那时磨得明晃晃的铁轨是从这里进站的，一直从西边的薛鲁姆桑开到这里，很快又从另一端延伸出来，这会儿铁轨上还有火车，检票员站在车门的踏板上，探出身子，绿色的小旗在手里飘扬着，他嘴里含着哨子吹起来，发车啦！发车啦！再吹一声，他很为哨子和它发出的声音而自豪。谁不会呢？

轨道是那种狭窄的类型，一代人之前甚至更早以前就应该已经输掉了未来，尽管如此，二三十年前仍有火车莫名地来到这里，来到别克朗根，然后再开一段，到南边的斯库勒吕，再到湖边转蒸汽船可以带你穿过那些船闸，从内陆深腹一路直抵外奥斯陆峡湾，从那儿可以去往世界任何地方，像西班牙、美国，如果那是你想去的地方，不管是去索伦桑还是去斯库勒吕都不算特别远，方言也差不多都一样，铁轨早就被拆走当废铁卖掉了，再也没有造新的。

她额头抵着膝盖坐在斜坡的草地上，我知道斜坡下方的小河名叫丽尔河。我对这些散布在挪威东部很大一块区域的地方了如指掌。我曾无数次驱车从那里经过，一个人，有白天也有黑夜，有时后座上坐着姑娘们，三个一起或只是其中一个，通常是老大维迪丝。我曾不停地开呀开，直到厌倦为止，可此时此刻我已经厌倦得无以复加。厌倦了道路，厌倦了汽车，马自达和福特，还有欧宝，不管是什么牌子，手动挡还是自动挡，汽油车还是柴油车，安静的好车还是从排气管里朝柏油路喷出一条煤黑烟尾的破车。我没算过这些车程中我到底释放了多少二氧化碳，肯定多到可以定罪，说实话这很让我闹心，我经常会这么想，我常半夜干躺着数油耗，我在梦里数废气排放的体积，但我又能做什么，顶多就是吃两片药。制药工业污染不严重吗？肯定非常严重，虽然我也不知道里面有什么成分，会造成什么后果，毒素是渗入土壤还是排入空气，或只是让人药物成瘾。

我或许可以趁这个时间写写日记。至少够写好几百页的一本书，可能还挺有意思的，我想，地理的，地质的，更不用说自传了。我很焦虑，已经很长时间了，很难做到不碰汽车。最近一年我开车成瘾，不然让我晚上干什么。不是奥斯陆市中心就是马自达，比起去酒吧，出门坐到方向盘跟前的次数有过之而无不及。

从她的肩膀我能看出来她还在哭。我心想，她怎么能哭那么久。这让人难以理解。但我还不知道究竟发生了什么事，也没想过问。这是她的生活，不是我们的。

一次无谓的肩车[1]尝试失败之后，我扶她坐上副驾驶座。这并不容易，她的双腿明显软得像没有关节的橡皮管。起初我想她肯定是醉了，她肯定是醉过，醉得还不轻。但她现在没醉，她说，对不起，阿尔维。说了好几遍。我说，放松点，图丽，没关系的。尽管她要是别这么彻底放松的话会更好些。我还从没见过她处于这种状态，我们在一起的那一整段漫长的生活中都没有，现在我不得不环抱住她，她的身体感觉起来与之前不同，很迷茫，我还期待掌心中至少还能感受到一丝熟悉，或是某种类似的熟悉感觉，但现在她的身体感觉起来是私密的，同时与之前更加不同。是的，正因为如此，那并不像一具正在离去的身体，而是一具全新的、敏锐的、正在到来的身体，但目的地绝不在这里，它绝不是向我而来，所以我不能把手放在以前习惯放的位置，那还只是一年前，但我已经记不起那时候我是不是还会抱她，肯定不会吧，那时候我太害怕了，完全自闭起来，要是我抱她，什么事都有可能发生。

我把车停到联排别墅前她的车旁边，这样便于走捷径穿过草坪去她住的公寓，在房子的末端，以避免被那些爱管闲事的

---

[1] 指一种把人扛在肩膀上的抱举动作，通常为消防员救护运输伤者时使用。——编者注

邻居看见。我推测有这个必要。你想让我送你进去吗？我说。话一出口我就觉得不应该问，我本来就不想进去。你想进来吗？她问。可以呀，我说。然后她说，哦，那挺好的。语气中透出一股近乎真诚的感激，这让我很尴尬，我感觉受到了羞辱，我怒从中来，她在电话里说除了我她没有别人，但我不想做她的骑士、她的救星，除了感激得不到任何回报，我要感激又有何用？去年在我俩位于比约尔森的德利律师广场的公寓中，我们最后一次面对面时，她微笑着并几近悲伤地说，我曾确信我们会白头偕老，她的朋友们——并不是我的朋友，和图丽一样比我小几岁——站在外面的人行道上，在满载的货车边等着她，一辆大众的凯路威，我记得很清楚，黄灿灿的。外面她朋友站着的地方有阳光，这让我突然意识到他们的衣服都特别瑰丽鲜艳，几乎像嬉皮装，我是绝不会穿这样的衣服出门的。然后我说，那你就必须把那之前的时光给我，从此往后的时光。但在我们终老之前，这中间的时光，这是她不愿意给我的。她说，我不能给。

不给就算了。

不过确实，我们住在一起的最后一年，日夜从交替至渐行渐缓直到完全停滞不前，所有事情都遭遇搁浅。让我躺到她一小时或更久之前就已经睡下的床上变得越来越难。我们成了两块同极相斥的磁铁,正对正、负对负;朝她扑过去的一瞬间我可能就会被弹出卧室,经过门槛,背对着客厅飞出去,就像胸前受到了重击,划过地板撞向对面的墙壁。这种事一次又一次地发生,最后我宁愿选择留在沙发上坐着,随便选一张她隔着墙也能听到的唱片来放。都是些我们初恋时听的音乐,那时候我还不了解她,不知道她的身体里藏着怎样的一个人,她也不了解我是谁。我们一心想要了解对方,因为那时候我已经迷了心窍,我跟过去的自己彻底告别,我沉浸在爱中,这就是原因,我放的就是那些唱片。但后来我连唱片都放弃了,夜深以后我沿着楼梯间,踩着近百岁高龄、许多都已经开裂的星纹摩洛哥瓷砖下楼,我曾如此钟爱每一级台阶。穿过后院的门廊,那里有个旧马厩,现在是最资深邻居的车库。每周日我都能看到这位邻居莫名其妙地穿着一身一尘不染的连体工作服,站在石铺的院子里的小马扎上擦那辆古董沃尔沃杜埃特,可我从没见他开出过一米远。穿过一片漆黑的门廊,那辆马自达就停在公寓楼前划出的停车场,离公交车站只有两米。我坐进副驾驶座,把座位尽可能地往后推,然后把靠背放倒,裹紧温暖的大衣半坐半躺着。如果可能的话会眯上一小觉来结束黑夜,反正就当是上苍赐予我的礼物,直到第一辆公共汽车从坡顶的平地上下来,昏黑的黎明中,那里是大公交总站,同一片黑暗中还有体育场和人造奶油加工厂。公共汽车来了,几近无声地靠站,停车,开门,那种很容易让我在日后回忆起的声音,那种谨慎而亲昵的声音，轻轻地伏在我耳边，从车门处传来的绵软柔顺的一声叹息，因为公共汽车很可能是新的，之后就是要上车的人昏昏沉沉的脚步声，两级台阶再向前一步直到最前方的司机，他们压低说话的声音，每个字都低沉得像昨日篝火的余焰，这一切都是除我这样的人之外鲜有人听到过的声音。我能想象他们的样子，所有停在这种位置的车，沿着道路街巷，靠近公交车站，在车库和车道上，那些处境如我的人，裹着大衣半躺半坐地在密闭的车里，试图独自睡上几个小时，最后就像黑夜中柔软的手摇着无声的绞盘，一个接一个地排成长队被拽走。保险杠挨着保险杠，按钮挨着按钮，按男人的年龄和车牌排序形成一个整体，几乎是在等待临终的圣油，等待灭亡，以胎儿姿势沉睡着，没刮过胡子的脸颊贴着冷硬的手背，在冰冷的黑暗中奄奄一息。

我一次都没有想过她会下楼来，到黑暗中，到广场上，只穿着睡衣和靴子，打开前座车门，求我进屋，上楼，回到温暖的床上，说，阿尔维，你可不能坐在这儿，太冷了，还是上来暖和。这会改变一切。但直到我发现自己从来没有想过她会下楼，并且也不记得自己曾有过这样的期许，哪怕只一次，我才终于明白，一切都完了。

现在我跟着她经过联排别墅的草坪，我的鞋陷入柔软的草皮，她的也是，因为夜雨过后地面还是潮湿的。从背后我看到她裙子下面右侧的丝袜破了，从大腿底一直破到膝窝，宽宽的一片肌肤裸露，柔弱苍白地夹在两侧闪烁的面料之间，我心想，她什么时候开始这么穿丝袜了。反正和我在一起的时候她不这样。在我之前是一片空白，在你之前是一片空白，我们在一起的第一个春天里的某个清晨她这样说，我记得这句话让我的脸颊有多温暖，让我稚气地骄傲。但现在我忍不住盯着她大腿后侧撕坏的丝袜下露出的肌肤，就像肚子上突然挨了一拳，像一根红色的柱子一直伸向我剪短的头发，但她看不到这一切，既看不到我，也看不到我的目光，就这样不知情地、沮丧地穿过草坪，向着那座房子走去。这是一种很难甄别的感觉，也不记得之前，一年前，甚至完全追忆到最初是否曾有过这样的感觉。一记重拳。但我知道这没有发生过，是另一种体验，我现在这样看着她的感觉大可让我感到羞愧，就在我眼前，这弯曲的脊背，这贫瘠的手掌。

我们走进门厅，我关上我们身后的门，她背靠着墙闭上双眼，走廊里的情景让我困惑。因为尽管住在这套公寓里的人是曾与我结婚多年的她，和我的三个女儿，我的亲生女儿也住在这里，但这里的氛围、空气、味道，我所能感知的、触摸的，我所能看到的一切都是完全陌生的。我什么都不认得，这也并不奇怪，因为我实际上从未在公寓里待过，为了表明立场我总是拒绝跨过那道门槛，无论晴雨，宁可站在外面的石铺道上等，或者坐在停车场的车里等，直到姑娘们背着书包出现在拐角，包里装着替换的衣物，可能还有文具，但我仍指望有些东西还没有变成陈年往事，还留有最后一点和我有关的痕迹，她们四个人各自从比约尔森带走的痕迹，哪怕只是可以感知的空缺，或一个还没有重新灌满水的瓶子，但这些都没有。我就像从她们的生活中被擦除了一般。

我得帮她脱鞋，她自己做不到，她弯下腰，然后就倒下去了，我把镜子下面的小矮柜推开，把她从地板上扶起来，说，你得在这儿坐一下，图丽。她坐下，然后我双膝跪地解开她的鞋带——我相信这是标志性的一幕，但从来没人见我摆出过这个姿势，在她面前下跪。尽管我们在一起十五年之久。

然后她倚向前，一只手放在我的肩膀上，手缓慢地划过后颈垂下，头跟着低垂下来，途中头发拂过我的耳朵。最后她的额头沉重地落在我的一侧肩膀上，右臂松垮垮地挎过另一侧搭在我的后背，形成一种拥抱，可以这么说吧，除此之外很难给这个姿势下定义。场景很奇特。她什么都不说，也不动，她的脸颊紧贴着我的，她温暖的呼吸透过外套钻进我的领口，一直深入肩胛骨之间的肌肤，我能清楚地感觉到，她已经不哭了，每一次呼吸都准确无误地跟随着上一次，这个姿势很痛苦，除了攥着鞋带的手指我什么都动不了。我心想，她是不是在我肩上睡着了，她突然如此疲惫。你睡着了吗，图丽？我说。没有，我没睡着，她几乎是直接对着我的耳朵说，我能就这样坐一会儿吗？我说好，你就这样坐一会儿吧，我说。其实一点都不好，但我他妈还能怎么说。

脱完她的鞋后，我扶着她跨过门槛走进客厅，我考虑要不要一直把她扶到床上，那里比较适合她现在的状态，但我不敢目睹她的床，又或者，其实我真应该看看它，看看它的陌生，见识那令人痛苦却诱人的新鲜感，我知道心中会隐隐作痛，但我做不到，虽然我全身心地想，但我还是得出去，我还是必须离开。

我们走到里屋，我小心地松开怀抱，慢慢地把她放倒在沙发前，还让她坐上沙发，但她一直滑到了地板上，双膝跪倒，歪着脖子，手掌沉重地摊在面前的地毯上，又哭了起来，然后她收拾好情绪，爬过那几米距离，背靠着墙坐在厨房门和抽屉柜之间，那个抽屉柜以前是摆在比约尔森的公寓入口处的，她固执地把它漆成了蓝色，大概是为了抹掉所有记忆，搞得我几乎没认出来。

我可以坐到沙发上，这样可能是最简单，或许是最正常的举动，但我没有坐下，我就这么站着，说，图丽，姑娘们在哪儿？什么？她说。姑娘们在哪儿？我说。哦，姑娘们，她们在我朋友家。她说了个名字。这让我很不高兴。为什么她们在她家？为什么她们在那儿？我说。而她说，她是唯一一个同意的人。那她们想去吗？我问。并不很想，图丽说。她让额头沉向膝盖。图丽，我说，要我去帮你把她们接回来吗？我觉得自己应该问，我有点不安起来。可以吗？她说。可以，我当然可以。谢谢，那可就太好了，她说。或许你能等到下午再去。好吧，我说，那我等等。其实我不想等，但现在还是大早上。图丽，我说，我走之前还有什么可以为你做的吗？她向我抬起泪水打湿的脸，说，你必须走吗？我说我必须走。但我好想你留下来，她说。我说，我大概可以理解，但要我留下来不太合适。我希望你可以，她说，我有话要跟你说，我没有其他人了。那天她这么说了第二遍。我感觉到一阵突如其来的吸引，并不是对于那个曾与我在一起的她，而是现在的她。我很清楚那是因为现在我是强者她是弱者，那毫不设防的身体，那孱弱无力的意志。于是我说，他妈的，图丽，别把你的生活强加给我。我是真心的，我一点边都不想沾。

我转身走出客厅的时候瞥见那难以置信的眼神。穿过门厅，原来镜子下方的矮柜仍挡在路中央，我用力把它推到一边，然后意识到我本来可以把它搬到墙边，放回镜子下方它原来的位置，于是我尽可能地将它居中对齐放好，走出门到楼梯间，砰的一声关上身后的门。之后我穿过草坪坐进自己的车里，胸口怦怦跳动着，我在车座上多坐了几分钟，深呼吸，直到内心平静下来，准备好开车上路。

第二卷

第二章

我不记得到底是什么时候，我第一次坐公交车去市中心，为了可以在夜晚逛逛街，去酒吧，去夜店和咖啡店。但肯定是图丽夺门而出不久以后，很可能是同一个月，所以也就是我心爱的人们搭乘的船着火一年多之后——《每日评论》上是这么说的，他心爱的人们在船上烧死了，在船舱里，在走廊上，他们在大海上逝去，在离免税店不远处殒命。

我记得的是，我坐在公交车后排自己的专座上离开萨格纳区的比约尔森，穿着我最好的衣服，一件海军大衣，还是那件旧的，但缝了新的铜扣子，那是我在议会大楼背后的扣子店里，从一个热心的女士那儿买来的，连同针线，每颗抛光的扣子上都镶有锚头的图案。我戴了一条黄色的围巾，系在颈后，穿着一条过时而乏味的裤子来烘托海军大衣。我刚冲过澡，头发是新洗的，我要把失去的找回来，不管失去的是什么。当时我三十八岁，一切都毁了，一无所有。

已经是秋天了，或者气氛很像秋天，不好说。反正就是冷飕飕的。在我公寓正下方的公交车站上，我顶着北风竖起大衣领子，尽管北面并没有风刮过来，四下一片寂静，但那天我就觉得那样做是正确的，那样肯定更好看。

我在斯多尔大街街尾下车的时候，天已经黑压压地笼罩住城市，商店的橱窗里已经亮满了灯，路灯也沿街亮起；道路中间的两行电车轨道像水银般闪烁着，流淌在石板间；在柏油路上，有些招牌在书店、鞋店的门头上，在潮湿黏稠的奥斯陆空气中漫溢着黄色、红色和蓝色；细雨中的每一滴雨水都染上颜色，落在潮湿的人行道上。我穿着温暖的海军大衣穿过斯楚格大街[1]，穿过歌剧走廊，手紧紧塞在口袋里，房子之间丰润到几乎肿胀的空气打在我的脸颊上，让我感觉格外阴冷。就在我转身让视线穿过那幢高大但不太美观的大楼时，我突然明白，我之前从未一个人做过这件事，我总是与图丽一起进城，去见我们认识的年轻人，共产主义者和诗人，工会成员，阿克尔机械厂和米拉工厂的焊工和车工，一起喝啤酒讨论政治和书，去的都是寇迪尔、多夫勒大厅、"土豆饼"[2]这种地方，哪怕后来我们有了孩子。但再往后就渐渐淡却了。图丽转身交了新朋友，他们都没有成为我的朋友。去年仅有几次，我进城与我怀特维特区

---

1 奥斯陆商业步行街，与哥本哈根著名步行街同名。
2 本地人对著名饭店奥林潘的昵称。

的生死弟兄奥顿一起，在甘姆拉吃了晚饭。更少有的是，见过一两个只属于我一个人的，或者是在我和图丽出双入对之前就认识的朋友。但这种聚会通常都没有什么好下场。我总是很烦躁，坐立不安，总在座谈结束之前道歉起身离场，最后给别人留下话柄。

不管怎么说，现在我不想和其中任何人一起，反正不想和图丽一起，也不想找朋友，连奥顿都不找，这让我有一种无知者无畏的感觉。一个人待在公寓是一回事，待在自己的公寓里被自己的一切包围着，书籍、墙上的照片、书桌上的佛像和沙发上的刀，或者待在公交车上或轻轨车厢内，挎着我父亲的包，膝上放着帕克斯出版的老版的中国千年古诗《杜甫诗集》，或者是贝托尔特·布莱希特的《日历故事》，那样的话就是早期"明灯"版的。而掀掉屋顶、推倒墙壁到外面的世界，让城市汹涌而入就是另一回事了。这可是要冒险的。但说实话，哪怕一切都会搞砸，我还是能轻易找辆出租车在十五、二十分钟内赶在慌神之前到家。要是在旧金山、柏林或者伦敦的话就糟糕了。那种出租车是找不到的。

但奥斯陆是我自己的城市，我觉得应该不会出岔子。

我先去了寇迪尔，在斯多尔大街最上方，正对着霍挪氏乐器行，橱窗里立着一排锃亮、倍儿酷、对我来说几近神秘的吉他。但酒吧里我认识的人可就太多了，我很清楚地记得谁是谁，他们在电车公司或铁路公司上班，曾经算是我的朋友，在这里混了十年以上，我能从笑声和吵闹声中听出来，他们的嗓音比上次粗钝。很多人也是克拉能体育协会的成员，话说回来这也没什么，我自己也一直都是是沃勒茵足球俱乐部的球迷，我出生在那个城区，在那里受洗，战前那些年我父亲一直在二队踢球，后来参加了所谓的老年队，就在沃勒茵教堂边，跟那些老英雄都是朋友，尖子约翰逊[1]、大嘴汉森[2]，随便点名，其中仍活着的都拄着拐杖、顶着秃脑门参加了那场盛大的葬礼。你父亲那叫一个好，他们说，他还会唱歌，从不跑调，球踢得也好。他们说着、笑着、咳嗽起来。他确实很会唱歌，但我不知道该怎么回答他们，说很遗憾我低估了我的父亲？说我不知道他是什么样的人，也不知道他是他们中的一员、老年队的一员、传奇人物中的一员、整个国家的骄傲？说我没仔细听？在礼拜堂的阶梯上，我只是说，万分感谢你们的到来。他们将将举起帽子，但只举了一小会儿，因为那天很冷，还很潮湿。

但一踏进寇迪尔的门口，我就停下脚步，立马转身出门，

---

1 亨利·约翰逊，挪威著名守门员，后成为教练。
2 Vilhelm Holteberg Hansen，沃勒茵诗人，因妙语连珠而扬名。

不等有人喊：嘿，汉姆生[1]，过来坐这儿啊。

我写的东西没有一点跟汉姆生沾边的，反正我是看不出来。但他们就是这么喊我的。嘿，汉姆生。

走到人行道上，我开始往回走，沿着斯多尔大街对面的多夫勒方向走去，在格莱斯维运动品店跟前的酒廊里，喝了半升啤酒。我没有和任何人说话，这里我谁都不认识，原本这很奇怪。恰恰相反，对我来说并没什么不好，但我点单之前坐错了位置，周围的桌子都是空着的，无缘无故坐到了少数几个在场的酒客身边——虽然两位是女士，其中一位独自坐一桌——总觉得有些冒昧。我不是那样的人。所以也就没有续杯。本应带本书以防万一，带本法国新小说，最好是克劳德·西蒙的，比如《弗兰德公路》就不错，我很喜欢；或者哲学书，《加缪手记》什么的，这样的话如果情况需要，我也好有个避风港，只要拿出一本这样的书就足以拒人门外，清楚地表明我想一个人待着。其实这并非我的本意。

这一切本来应该事先想好的，但我并没有。于是我买完单下楼，再次走上斯多尔大街。

---

[1] 克努特·汉姆生（1859—1952），挪威作家，1920 年诺贝尔文学奖获得者。主要作品有《大地的成长》《神秘的人》《饥饿》《在蔓草丛生中的小径》等。——编者注

我茫然地站在人行道上。右边是古纳琉斯购物中心，泰迪软饮酒吧在拐角的布鲁大街；左边是一直延伸到教堂广场分岔口的斯多尔大街。在那儿得选择是向下去火车站广场，还是向上去斯多尔广场上的格拉斯商场。但我去那儿干什么？我感觉很不安全。

我点上一支烟，一支不带过滤嘴的蓝色大师[1]，这是我的"派对烟"。我喜欢这种小支的短烟，还有白色软包上的蓝色马头，从小就喜欢，哪怕在我开始抽烟之前，也就是十五岁以前。我记得每一次父亲带着我坐着格鲁吕大巴从怀特维特到卡尔·伯纳广场，穿过十字路口走向特罗姆瑟大街的情景。我们在那里换21路公交，那时候还是巨龙车，就在林根电影院背后的甜品店旁，十五年后母亲会在那里给我一记坚决的耳光。公共汽车从那里开往戴勒侬大街，上到真理大街，然后绕奥斯陆中心转一个弧形，最后我们在比斯莱特体育场的入口处下车，去看沃勒茵的比赛，那个赛季他们胜少输多。开往比斯莱特的公交车会经过一片公寓，有一幅蓝色大师弗吉尼亚香烟的广告，巨大的马头直接画在一栋楼房上，画满了整整四层楼高的山墙，并在我的体内填满了一种只有穿短裤的小男孩才能感受到的雀跃，一阵激荡，肺部一阵扩张，想象力直接喷涌上天，飞过平原，

---

1 香烟品牌，产自挪威。——编者注

登上永恒的雪顶。

我喜欢抽烟。虽然此刻写下这段话时我已经戒烟，理由充分，但我记得抽过的最好的烟，在不安袭来时它们能让我瞬间平静下来，后来的人生中让我无数次想念。

那天晚上在斯多尔大街上，在与图丽告别的第一年，我选择向右，这八成是最安全的选择。那是我父亲所在的城区，斯多尔大街是他的主街，很快我就走进了泰迪，小小的空间里挤满了人，浓密的灰烟一直升到天花板，只有吧台前有一小片狭小的站位。我在那里点了一杯双份百龄坛威士忌，但法律规定不能点双份，于是我得到两杯单份加冰的，我一手一杯把它们从吧台端起来，往后紧退两步，把其中一杯酒倒进另一杯里，把空杯放到一张桌子的边沿上，就这么在拥挤的人堆里把装满的那杯酒紧贴着胸口拿稳。我环顾四周。里屋有几个脸熟的男人，但我并不认识，女人也一个都不认识。其中一两个看上去像独自一人来的，但对我没有吸引力，没有让我想要靠近的冲动，反正空间也很拥挤，靠近要费不少力气，我心想，算了，没戏了。

我很快喝完酒，感觉到威士忌在胸口的温暖，很舒服、很惬意，于是我继续站着又点了一杯百龄坛，但这次只点了单份的，加冰，一边慢慢喝一边等着或许会有什么事发生。

靠墙的地方有一个小舞台，看得出马上会有表演，舞台上只够放一把红色椅子，一柄矮麦克风，琴架上架着一把民谣吉他，连着只有一个喇叭的音响。这就是泰迪会在周中也这么热闹的原因，因为会有演出，或许还是什么本地大腕，但这并不是我来这儿的原因，我不是来看人表演的。我喝完酒，把酒杯放回吧台，心想是该走的时候了，就在这时，有人拍了拍我的肩膀。人群中谁都有可能，大概是我站的地方挡住了上厕所的必经之路——可实际上并非如此，是郎蒂。20世纪70年代的时候我们一起参加过红色青年团[1]，在同一家工厂上过班，但各自在不同的部门，有一段时间挺热络，即便是她退工我没退的那段时间，但我已经很久没见过她了，还以为她肯定搬去了别的地方。嘿，阿尔维，她说。嘿，郎蒂，我说。你一个人吗？她问。我看着她。是的，我说，还真是。你没有离婚吧？她问，笑了起来，这对她来说看来是个很有趣的想法。我开玩笑的，她说，又笑了笑。但我没笑，于是她也笑不出来了。你离了？她问，真的吗？那样的话可真对不起，我只是开玩笑。你当然可以开我玩笑，我说，不是你的错，哪怕你不开玩笑我也是离了的。但你们总是在一起的呀，她说，你们总是形影不离。是吗？我说。是呀，她说，你们不是吗？不是，我说，我不记得了。但是，郎蒂说，我记得好清楚，我站在窗口，看着你们走

---

1 挪威青年组织，是红党的青年派，创立于1963年，总部位于奥斯陆。——编者注

过去，从德利律师广场朝本泽大桥走着去搭20路公交，你们看上去总是那么得体，还手拉着手，我认识的人里没人是手拉手上街的，郎蒂说。我们拉手了吗？我说。是的，郎蒂说，你不记得了吗？我不记得了，我说。但我清楚地记得有一次我们从环岛那儿朝桥走，那是个星期天，我们要搭公交车和轻轨去格鲁吕谷，去和她的父母共进晚餐，但我们没有牵手，我们在争执，不止是争执。场面突然失控，我也不知道是为什么，想要停下来，我想转移话题，但也不知道该怎么做，我们就像两个卡在电车轨道上的自行车轱辘，我觉得和她吵架很可怕，因为她无所畏惧，但我不是，感觉就像陷阱的盖子即将在我脚下打开。我绝望地举起握紧的拳头，看上去可能很有压迫感，因为她说，你要打我吗？你要打我吗？然后她就突然在我肚子上打了一拳，实际上还挺重的，但我没想过要打她。我为什么要打她？我也不知道该做什么，小学之后就没人打过我，在小学我总是会还手，我是从父亲那里学来的，一定记得要还手，他说，不然会失去他人的尊重。但当时我不能那么做，也不想那么做，我们突然跨过了某条界线，界线对面我一无所知。我要是转身回家也是可以理解的，哪怕有点窝囊。但我只是站住脚，什么也不做，什么也不说，她转开板着的脸，我靠着铸铁桥栏，脚下是雨后从利勒伯格工厂经过米拉工厂奔涌着流向城市和峡湾的河水。我完全想不出来自己该说什么，不知道使用哪些词语才不会祸从口出、覆水难收，甚至让生活分崩离析，可能那时候一切就都已经完了。当时连维迪丝都还没有出生。

你们搬到城外去了，郎蒂说，突然之间，我很想你们，特别是你，她说，我觉得那堆乱七八糟的人中就你最有趣，有趣多好，这年头一个比一个较真。那时候我们笑得可开心了，你和我，不是吗？是真的，我心想。我跟郎蒂在一起的时候比跟图丽时笑得多。有一次我们还接了吻，一个意外的长吻，之后她笑着说，好了，这下我们也算有过了。不好吗？好呀，我说，挺好的，我是认真的，但我们都不愿意更进一步。那样也很好。我们不是经常回来吗？我说。是的，没错，她说，你们离婚很久了吗？两周前图丽搬出去了，我说，还是三周前，大概吧，我记不清了。你记不清了？她说，你记不清自己老婆什么时候搬走的？这不才两三个礼拜前的事？不记得了，我说，说不准，但也就几周前吧，基本可以肯定的是，那天是周四。好吧，郎蒂说，然后她说，我也知道船烧掉的事，全挪威都知道发生了什么事，你的家人，是呀，一共一百五十八个人，对不对？她说。一百五十九个，我说，不要忘了最后那个，他是死在医院里的，还有个没出生的孩子呢。是呀，没错，她说，不管怎么说，太惨了，但我不知道你离婚了，两桩这样的事，她说，一桩紧接着一桩，我去，你太可怜了。也不算紧接着，我说。然后她说，感觉好像是。确实如此。你不用为此觉得抱歉，我说。不可惜吗？她说。不，并不可惜。那好吧，她说。然后她突然说，你是出来找女人的吗？好让她们填满你的空虚？这么说还挺大胆，我心想，直言不讳，但我很吃这一套，她微笑起来，看上去还是很好看，以自己狡黠的方式。是的，我说。哟，郎蒂说，真的呀？是的，我说。这下她沉默了，沉默了很久，我敢肯定她在想，填补空虚的是不是我，她还是没说话，最后我能听见她自言自语，不会，肯定不会是我。我同意，于是我说出了声。我同意，我说。她先是微笑，然后大笑了起来。哦，是这样吗？她说，然后她又说，是呀，大概就是这样吧。但我喜欢你。我也喜欢你，我说，我一直都很喜欢你。我知道，她说。然后又注视了一会儿我的眼睛，正当我以为她这么做了，她却转过身，喊道，嘿，图勒，过来一下。室内最深处一个男人抬头看向站在吧台边的我们。他个子很高，比我高很多，很惹眼，但我之前从没见过他。他慢慢挤出一条路来，走到跟前时还是显得很高。郎蒂说，图勒，这位是阿尔维·杨森，我以前的老朋友，我们一起参加过红色青年团，哼，就是那么牛气。她大笑起来，几乎算是纵情大笑，我以前一直都很喜欢她的笑声，我觉得这笑声很刺激。我向他伸出手，你好，图勒，我说。他握住我的手，说句实话，松垮垮的，但他什么都没说，只是站在原地打量我，从裤子上的皮带向上至黄色的围巾再原路返回，然后他用几近无趣的声音低声说，大船噢嚯嘿，他又说，大船噢嚯嘿，劈了我的船桅[1]。

---

1 过时的水手用语，受到惊吓时发出的惊呼。

现在我们直视着对方，他的眼神中流露出讥讽，就像插了导管，他大概是喝高了，我其实也是，一杯啤酒加双份百龄坛再加个单份的，反正我是上头了。我转身面对郎蒂，你们是一起的？我问。是呀，她说，图勒是我老公，我们结婚快一年了。这么说她刚才想的肯定不是：她可以成为那个把我的空虚填满的人。我还那么确定，但无论如何我还是说了句，真他妈扫兴！我转身打算离开，我说，再见，郎蒂，回头见。我向门口走去，有人从背后重重地推了我一把，我朝前一倒，但没完全倒地，太挤了，我撞上了谁的半升杯，头发洒上了啤酒，肯定是图勒无疑，我转过身来，他现在看起来更高了，他说，索特·比尔[1]船长，离我老婆远一点，听明白了？我用手捋过泛着泡沫的头发，想到我小时候的一位邻居，联排别墅隔着两个门，他叫克劳森，C打头。他每周用啤酒洗一次头，用的是拜仁啤酒，富含维生素B，他总是这么说，我可离不开它，你也应该试试，阿尔维，你也会离不开它的，我保证。但我说出口的是，郎蒂不是我的类型，同时从跪姿站起身。是吗，图勒说，为什么不呢？她结婚了，我说，和你，这和品位有关，这是没办法的事。这次我倒在了地上，因为大家都往后退了一步，给我腾出着陆的场地，简直难以置信，甚至还有人为我打开了门，还说，祝你好运，

---

[1] 海盗索特·比尔船长（或译黑比尔船长），出自挪威儿童文学作家、儿歌作曲家、儿童诗人托比比约恩·埃格纳（《豆蔻镇的居民和强盗》的作者）的儿歌歌词，是挪威家喻户晓的儿歌之一。

汉姆生，不管你要去哪儿。这时我看到了好几张熟悉的面孔，开放、善良的面孔，他们曾是我人生的一部分，我人生的历史片段，但显然都不长久，我听到郎蒂喊，再见，阿尔维，照顾好自己，而我这蠢货出门的时候喊道，谢谢，你也是。

第三章

那是个寒冷的秋天，图丽离开后的第一个秋天。我冻坏了。几乎没有写出任何东西来。我会半夜醒来，不记得她那侧的床是空的，那几十公斤的分量永远地从床垫上移除了，她的味道也日渐淡薄，日日夜夜，几个星期，直到最后完全消散。半梦半醒时我还会期待听见她平稳的呼吸声，我以前应该也会，因为她只要一睡着就会睡得很好，她就是这样，与我相反，一沾床就睡，不管在我们生活的哪个阶段。但我还是会期待听到她无意识地在被子下翻身的声音，然后在睡梦中想起她不再朝我翻身而是向外转开，对她来说我回车里或在寒夜里露宿都无所谓，不管我在哪里对她来说都无所谓，于是我就失去了醒来的意愿，挣扎着不愿醒来。但不醒来是不可能的，过了一小会儿我睁开眼才搞明白自己在哪儿。我已是孤身一人。

她搬走时确实没有带走她的那床被子。或许是为了照顾我，因为如果她那侧床上的被子也消失了的话，床看上去会不对称，让人难受，这样的话整张床就会因为另一侧仅剩的那一床被子——我那床被子的重量而倾覆,我因此会被扔到窗前的地板上。她住在这里的时候那扇窗常年都开着,哪怕是冬天,那时候我们还睡在一起,或者是因为她突然觉得她的被子在过去的那些年里沾染上了太多褶皱和印迹,她宁可选择买床新的。

我也不知道该拿那床被子怎么办。先是任凭它放在那儿,也不换被套,让过渡期尽可能平缓,但几个月后就只剩下悲伤、挫败和明显的尴尬。于是我扯下被套和枕套,也不洗,而是把光滑的、有太阳图案的布料硬塞进合作社拿来的塑料袋里,扎紧袋口,把袋子扔进了一楼楼梯间外的那个院子里的垃圾堆上。然后我把被子用力卷起来塞进衣柜顶层的架子上,半年后我不经意间在那里找到了一条领口与腰际都有花边的棉毛衫,并清楚地记起夏天过后她穿着它时的样子。另外,棉毛衫下还有一封她写的信,没有写完,所以没有给我,更没有寄给我,看到信纸页眉上她优雅地署上的日期就不难理解这是为什么了。这是她最终和姑娘们一起搬出去的一年半之前写的,也正是船着火的前一周。

她肯定是打算写完的,但突然就不可能了。她无法若无其事地带走我最后的一切,在我身边的人突然所剩无几的时候带着姑娘们离家出走。她没赶上,死神抢先了一步。

然后她又坚持了一年多,出于必要,而非意愿,但最后还是结束了，还有信，是这样开始的："亲爱的阿尔维。一天早晨我醒来时已经不再爱你。不要难过，不是你的错。"这并不算什么炸弹，但我还是感到晕眩，不得不扶住衣橱。一年，我想，没有爱情，一年很长。据我所知还不止一年。但我把信攥在手里的时候，还能清楚地记起曾有一次我如此紧紧地躺在她身上，胸膛贴着胸膛，并不沉重，但我还是覆盖了她的全身，她的手臂在两边伸开，她的手指缠绕着我的手指。我说，你现在什么感觉？她沉默着，深吸一口气，说，我觉得有人爱着我。是有人爱着你，我说。其实那并不是很久以前，反正不是陈年往事，但是我从来没有追忆过，没有清晰地回味过，我不可能明白自己在说什么，不可能完全明白，但曾经有一扇为我而开的窗，不知不觉我就把它关上了。又或许我其实是知道的，但还是关上了它，因为要让它一直开着的代价太大。

我也不知道要拿信怎么办，扔了总觉得不对，就好像国家档案局随时可能来砸门大喊，不行，不行，不行，看在上帝的分上，这要留着，因为是重要的历史文件。也算是吧。于是我把它放了回去，扔了棉毛衫，心想她为什么要这么写，说都是她的错。这不可能是真心话。

那片空床，那块空白的区域，几乎更糟糕。我早应该想到。我总是刚过半夜就醒来，身体最难触及的地方，从背脊到肩胛骨,双翅之间(哦,带我飞走吧!)一片冰凉,尽管我已经永久关上了窗,并把电热器开到了三挡。长此以往总是这么半夜醒来,煞是累人,呼吸不畅、头痛,工作日完全乱了套,我在考虑要不要去找我的家庭医生,不得不承认他是只老狐狸,老奸巨猾,我想让他给我开点药片,我知道那些药谨慎地藏在里屋的某个箱子里,他自己就可以在光天化日之下想到了就来一片,顿时耳清目明。我的肺炎老是不好的那段时间看到过一两次,那时我人都扁了,被挤扁的,几乎没法把气吸进肺里,这让他非常担心和同情,但他却说,你等一等,然后就消失在门后,待上好一阵,再出来的时候眼神要比进去之前清澈、热烈许多。对我的作用则是相反的,我一吃那药就想睡觉,也真的睡着过,要的就是这个,但这次我不该去找他。我担心上瘾,药物成瘾,现在正是我最需要它的时候,这也是我担心上瘾的原因。一旦开始我就会变得贪得无厌,这我可以肯定,所以我打消了这个念头,想着香烟和汽车就已经够了。

每天早晨起床后我都想试着继续写那篇关于工厂的长篇小说。小说写的就是我那些年在厂里的经历:摸黑出门坐公交车,摸黑坐公交车回家找图丽;大车间里的工友们,在灰尘中凝固的颜色和从高窗透进来的光线,轰鸣的白天,轰鸣的夜晚,第二天早晨我们如此疲惫又如此清醒,血管里流淌着香槟汽水;关于自杀和愤怒,还有欢笑,我们曾如此疯癫,换岗前如此口无遮拦，这是最重要的事，但集中注意力太难，我做不到，最后只能喊停。我连试都不愿试。但我也没有别的事可做。我没能在杂志和报纸上发表任何东西，我在书桌的抽屉里找到的那些，我一页都没有寄给出版社。书桌的抽屉里什么都没有。还能有什么。我赖以生存的写作资助，我都省着花，我得留着汽油钱，还有姑娘们来我这儿时需要花的钱。那年我很瘦。

我会起床，走出卧室到客厅里抽支烟，等待睡意来临。才过凌晨一点。我一个人在公寓里。我累坏了，很难清晰地思考，但我睡不着。床仍然是个艰难的去处。我躺到沙发上。还是不行。我站起身来到窗口，站在那里抽烟，看着眼前的广场和交通环岛，零星的灯光，自从图丽搬出去后我就没在我的马自达里睡过，已经没有理由睡车里了，但最后我想，去他的，我累坏了，该怎么样还得怎么样。我熄灭烟头走到门厅里，在角落的衣柜中找到一件从父亲那里继承来的冰岛毛衣。毛衣老旧且磨损严重，很早之前就该扔掉了，但他肯定不喜欢我这么做，再说从他那儿继承的东西如此之少，此前我根本没有放在心上，也没有想过我或许应该留些什么东西，也没觉得这有多重要。后来我后悔过。但我有这件毛衣。肯定得有三十多年了，或许四十年，反正就是比我年纪大。我完全想不起来他没有这件毛衣的时候了。

我在冰岛毛衣外面套上海军大衣，走下楼梯间，进入漆黑的夜晚，穿过门廊来到停车场，坐进我的车，以我睡着过许多次的姿势很快入睡。

我梦见自己死了。这是我经常做的梦，但与以往不同，现在做过这样的梦之后我能记住一整天，一个月，一年，哪怕不是所有细节，主要画面也在那儿，我死了，以及我是怎么死的。我不记得是什么导致了这一结局。在梦里，感觉并不像我犯了什么大错，十恶不赦、罪不可恕，最后被判死刑；也不像是卷入了什么意外事故，或得了什么不治之症。但我躺在一个漏斗里，又或许不是漏斗，更像是一朵花，一朵郁金香，一朵巨大的郁金香，顶端尖狭，其实并不是一朵郁金香，我也不知道是什么，但我已经被淹没到腹部，然后到胸口，那个不是郁金香的东西缠绕着我的身体，并不是很紧，仅足以让我无法挣脱，我知道等彻底沉没我也就死了。我很悲伤，还有点害怕，但我并没有惊慌，没有尝试拳打脚踢，那么做于事无补，一切都将到此为止。我的左臂被绑在身侧垂到髋部，但右手在某一刻得以松脱举起，而她紧紧握住我的手，唯有她是有意义的。她跪在那里，跟着我一起沉下去，依然跟着我从上方那个房间的地板上尽可能地垂下来，房间的白墙我已经无法看见，只能看见天花板，云朵缓慢地最后一次飘过，她的手安全而温暖，是她紧握的手，只要她还握着我的手，我就可以从容地死去。在梦里我抬头望着那张熟悉的脸，这让我更平静，我看到她有多悲伤，但她还是专注在自己的任务上，她总是临危不惧，不像我，总是临阵脱逃。而她现在必须完成的任务是牢牢地抓住我，越久越好，再久一些，好让我不至于在惊慌与绝望中死去。我也并不绝望，我只是非常忧伤，还有些紧张，面对即将发生的一切，这我必须承认。我继续下沉直到能够感觉到微微收紧的花瓣贴着我的下颌，如果那算花瓣的话。于是我开始喘气，粗重的深呼吸，就像即将潜入水中一样，因为那一刻已经到来，不难想象这并不容易，死亡有自己的柔软之处，自己的善意和友好，她仍然握着我的手，这是我最后的知觉，然后我就死了，刚踏进死亡那广袤阴暗、空无一物的疆域，我就迅速升起，跃出生命的水平面，一声响亮的惊呼，让我从马自达中惊醒，车还停在环岛边的停车场，旁边是比约尔森学校，20世纪70年代的时候格雷特·怀茨[1]在那儿教过书，我清楚地记得她，在操场上戴着闪亮的口哨。我的第一个念头是，谁是那个握着我的手的女人。她的脸忽然消失了。不可能是图丽，不然梦醒后我肯定会记得，梦里的手跟图丽的手也完全不同，图丽的手更窄、更长、更果断，我仍然闭着眼睛，努力追索着梦境，想要记起那个女人，她那么牢牢地握住我的手，跟着我深深地沉入死亡的郁金香，直到最后一刻才松手。我聚精会神地把记忆拧成一股钻头般的光束，就像一柄大到足以照出人脸的手电，但除此

---

[1] 挪威著名马拉松运动员，前世界纪录保持者。

之外别无他物,我就是想不出梦里的女人。我半坐半躺在车座上,路灯的光柱透过马自达的前窗洒下来,就这样回忆着梦中的女子,或许就能看到她是谁并找到她。

但是行不通,我认识她,但我不知道她是谁。

仪表盘上的钟正好显示凌晨四点钟。街上和广场上一片寂静,到处都一样地寂静,不会打开的门,紧闭的窗,黑暗的门廊,路灯闪着内敛的灯光,空气如水,绵软沉静;山坡最上方的平地上,公共汽车仍停歇在宽敞的车库里,沉重地在屋顶过梁下纹丝不动,燃油在油箱里静如止水;黑茫茫的车窗,寂寥的驾驶座,赤裸冰冷的离合器,不见一个人影。我冻坏了,两条腿和一只手都在打战,但另一只手没有,那只她握过的手。

我调正靠背,下车,锁上车门,几乎拖着脚步爬上高高的三层楼,躺到床上。现在够温暖了,我很快进入了梦乡。

第四章

我总是回想起那个梦，如此清晰，如此明确，现在回想起梦里的那只手并不是图丽的手，并不会让我感到遗憾、悲伤或愚蠢。梦境中没有图丽，在那里她既没有出生也没有被创造出来。但在现实中，在清醒的状态下，一切就不同了。她在这里填满着所有空间，填满了日日夜夜，填满了东西南北；她漫溢了出来，以致她的源头渐渐流空、干涸然后消逝，消逝到色彩斑斓的人群中，这也是我经常想到的，那些色彩斑斓的世界里有什么我没有的东西？除了颜色之外。慢慢地，我才想到，其实答案很简单。他们有图丽。我没有图丽。色彩斑斓的世界里有图丽。他们已经占有她很久了。他们把她吸过去，微笑着的图丽以飞快的速度穿过吸管，朝着所有吸吮着的色彩斑斓的嘴唇，以跳水的姿势，女超人，披风欢快地在背后招展着。

有一次我们要去本纳峡湾的某座外岛，或许是马尔莫岛。那时我们还没离婚。那是在船着火之前，但并不是很久之前。困境已久，我很害怕。那是个周六。那晚有人照看姑娘们。或许是我的母亲。那时她还在世。或是我的某个兄弟。长兄那时已经去世，很快又要失去一个。

我们成双成对一路沿着海边，沿着码头经过二十年后歌剧院将会敞开高耸的玻璃大门的地方，那边纤绳拴着的小渡轮"丹麦王子奥吉尔号"，看上去狭小孱弱得不合情理，让我怀疑这些年我们是怎么幸存下来的。

我不记得身边走的是谁，也不记得彼此之间有没有说话、说了什么话。图丽隔着三对人走在我的前方。他个子很高，留着长发并扎着马尾，穿一件黄色外套，嘴一刻不停。他低头看着图丽，一边举着手，一边滔滔不绝。后来我们排成队经过国际海关大楼，那是我母亲工作的地方，不久之后，她将在那里捧着水桶度过余生的最后几天。她背后是那些工厂，在所有学校、体育馆、凌乱的舱铺、木地板、沾满烟臭的酒店走廊、明星们留下注射针头和呕吐物的厕所里度过的所有夜晚，她用墩布狠狠砸向墙壁，头也不回，从她办公桌所在的窗户可以看到峡湾美景，海关大楼绿色的霓虹计数棒对着道路闪着微弱的光。

已经是黄昏，灰蒙蒙的暗夜包围住我们，但许尔半岛上水泥罐的灯还向我们闪着黄黄红红的光，峡湾对面的海港上灯火通明，还有城市的街道上，国王的皇宫里，还有城市背后山丘上滑雪跳台的纤细坠影也装点着灯光，这一切在水面上交织成色彩缤纷的地毯，从维普海岬和阿克尔码头之间的长堤向外翻卷出去；不是波斯风，而是在安第斯山脉某个地方用闪闪金线编织出的印象派，或更有可能出自尼泊尔的某座高空悬屋；飞扬的经幡，漫天飞雪，从最后一次目击雪豹的喜马拉雅山上飞奔而下。我有些醉了。那时我们中的大多数人都比现在喝得多，尽管还没人碰过酒瓶，除了我，我出门前就已经碰过了，为了不打招呼、不请自来地赶在出发前出现在中央火车站靠海这一边那座高大、不羁的雕塑脚下。所有人都比我年轻，所有人都穿得五颜六色，只有我黑不溜秋，并非黑而高大，而是黑而矮小，我的外套是从我刚去世不久的外公那里继承来的黑外套。他是丹麦家具木匠，丹麦什么都是黑不溜秋的，挺土挺丧气的，至少外套是这样，自行车、汽车也是，但海滩不是，当然不是，还有天空，以及夜晚石南上绽放的光芒，或是灯塔温柔的掌掴。他年轻时在农村，因长时间下地干活累成驼背，骨骼被扁担压弯了。他的父亲是个魔鬼，外套还保留着驼背的形状，但我觉得这样挺好的，这让我显得更高大，我是这么想的，也不知道为什么，这恰恰相反，让我看上去矮了不少，但那是在我开始有品位之前。

一定是马尔莫岛。我们经过一座窄桥从莫瑟路到沃尔莫岛，也就是第一座岛，然后又经过一座桥到马尔莫岛，最外面的岛。一座短桥，再是一座长桥，一座小岛，再是一座大岛。我不喜欢马尔莫岛。有人说作家约翰·博尔根[1]曾住在岛上,那不是真的,我认为是许尔岛,在那里出现水泥罐和柏油路之前。这无济于事,房子太大,那里都是瑞士别墅,数量很多,还有私人海滩,富二代,我心想。其实我也不清楚,之前从没去过那儿,但因为那些房子我还是会那么想。我还想,我在这儿干什么?很简单,图丽在那儿。我还能去哪儿,难道待在家里胡思乱想?我知道我会胡思乱想,慢慢张开的手,松开。

本来是应该我留在家里照顾姑娘们的。图丽要和那些五颜六色的人一起去马尔莫岛。没有我。她已经成了其中的一员,从衣柜里的每一个衣架上就能看出来,但我问了我的母亲,肯定是她,明天你能看她们一会儿吗?她肯定是答应了,她总是答应的,只要她没有动身去丹麦,"回家",她总是说,她开始经常想回去,但那个周六她没有。姑娘们睡双人床,三个人一起钻在被子下,肩并着肩高高兴兴的。地下客厅里整理出了我的床铺,这样我就可以赶在姑娘们醒来之前回来。父亲毫无怨言地睡沙发去了,母亲睡在曾经我住过的房间,睡我的床。没关系的,她说。这我很怀疑。床垫对她的身子骨、她的体重、她的体形来说太硬了。她经历过艰难的岁月,但手术把她消耗

---

[1] 约翰·博尔根(1902—1979),挪威作家、记者和评论家,凭借代表作《里勒洛德》被授予 1955 年的挪威评论家文学奖。——编者注

殆尽，还有之后的放疗，但我一挎上包走出回廊就不再多想。

我们要去其中的一栋瑞士别墅。房子是受北欧神话启发设计的灰墙新艺术风，尖屋顶下的装饰都是白的，很有维京风格，长廊背后有尖窗。这让我很意外。哪个五颜六色的人住在这儿？我心想，难道他们都不是工人阶级？难道都是资产阶级？难道只有图丽和我是工人阶级出身？我没想清楚，其实我完全不了解他们，甚至都不知道他们叫什么，就像在党内一样，大多数人都有代号。我也从没见过他们中的任何一个人，可在奥斯陆这么小的城市这怎么可能。这样一代人，我甚至不相信他们中的谁有孩子，尽管图丽有三个。他们自由漂泊、展翅高飞，突然有一天就出现在了她的生命中，成了她重要的一部分，但这与我无关。就像这是她第一次从家里搬出去，而我是她的家长，迎风站在敞开的门口。

但这套房子给了我一个能窥探并鄙视一下其内部结构的机会：看看高耸的天花板，起码三米高，我鄙视；那些满是格条的窗镶着红色的玻璃和蓝色的线脚；还有上二楼的楼梯，抛光的柚木和镂花；拐角处的巨幅名画，甚至有一幅画我曾在书上见过。我把房子收于眼底并鄙视它。我别无选择。

房子前面的石铺车道上停着两辆摩托车，一辆黑的和一辆蓝的，白色、红色的头盔随意地放在油箱上。我听说过它们，它们属于这群人中的两个女孩儿，这很不寻常，本以为她们会穿上黑色皮衣或是别的什么特殊材质的衣服，好在发生意外时使她们双肩柔弱的躯体免受柏油路面和地面的撞击，但她们并没有，在五颜六色的其他人中几乎辨别不出那两个摩托车手来，连头发上也看不出戴过头盔的痕迹，你很可能跟其中任何一个聊上天却浑然不知那是个摩托车手。

我也并没有跟谁多说过一句话。大多数时候我只是站在他们中间，站在地板中央高高的屋顶下，手拿一个酒杯或一个酒瓶，然后他们隔着我聊天，围着我聊天。要是我无意间站到了两个觉得彼此之间有许多紧要而多彩的事要说的人中间，他们会绕过我，他们绕开我就像绕开一个浮标，他们微笑着打着手势，但不是对我。我不习惯这样，我更习惯受到关注。

我转身好几次，醉意渐浓，想看看图丽在哪儿。我看到她了，又看不到她了。我看到她的时候她从来不朝我转过身，而她的行为就好像我完全不在场，但她自己在场，就像她一直以来习惯的那样，就当我不在，因为她觉得在这里很自在，可以随心所欲。很难猜测。她背对着我的时候不容易从其他人中辨认出来，穿着这样的衣服很难。我突然惊讶地意识到，在这里，我们并不是"我们"。

我走到回廊上。天几乎黑了。背后的门虚掩着。透过树木将将可以看到峡湾，一片寂静，水面风平浪静。砾石路背后，富贵的花都已凋零的花园背后，有更多的大别墅。我看到灯光在窗帘后闪烁，听到微弱的音乐声，就像那边屋里有一场舞会，一场简·奥斯汀式的舞会调低了音量，那些房子就有那么大，我看到家家户户的门头都挂着那些讨厌的仿制煤油灯，这一切都让回廊里的黑暗更加黑暗。正前方什么都看不见，仍然清冷，头顶的灯还没有点着。或许是灯泡坏了。我从外套口袋里取出蓝色大师的烟盒。这时候挺庆幸我是抽烟的，怎么也不会想到日后我会戒烟。为什么要戒。

回廊里除了我没有别人，某种程度上这很可悲，但也是种轻松。香烟给了我站在这里的理由，尽管其他人都在屋内抽烟。我醉了，但也不比我来时更醉。我闭上眼睛慢慢地把烟吸进肺里。这样其实也挺好的，我心想。出于某种原因。

我睁开眼睛。不再思考，只是抽烟，抽完那根烟，慢慢地抽，几乎是佛性的缓慢，然后用鞋尖尽可能仔细地把烟蒂踩灭在地砖缝里。

我转过身，看到狭窄的光线沿着门缝在一人高处渗透出来。我站在那里。我心想，走吧。我还有两罐 0.7 升的啤酒在屋里，还有装它们的包，不过算了，我不能再进去了。

然后门就突然开了，一个女人跌跌撞撞地走出来，背后客厅的灯火如圣光般环绕着她，她关上身后的门，剪着一头男孩般的短发，然后她大笑起来——她是摩托车手，我马上明白过来，从头发上看不出来，因为她剪了短发。她也喝醉了，比我醉得厉害。是你呀，她大声地说。如果你说的是我的话，我说，那就是我了。我感觉到我的声音有些颤抖。你要走了？她问。我想是的，我说。先别走，她说。我说，好吧，为什么不？过来，她说。但我还是站在原地。我就不应该缠着图丽到这座岛上来，那是个错误，毫无疑问，但我也不是谁的哈巴狗。这时那个短发女子反而向我走近四步，然后用双手托住我的脸，捧住我的头，就像男孩对女孩那样，一只手贴着脸颊，另一只放在耳后，轻轻地把我捧过去吻了我。我感觉意外地好，其实不用自己掌控的感觉特别舒服，不用冒着被拒绝的危险强贴上去，反正我也从来不敢。然后我回吻了她，我不记得有过这么好的吻，她尝起来很不错。她很激动，但并不蠢，我们不得不喘口气的时候她说，能不能再来一次。我们就又吻了一次，吻了挺久。然后就结束了，我们各自后退几步，两个人都气喘吁吁。现在怎么办，我心想，然后好像就没什么可办的了，我等着，但看不到能等来什么。最后她笑了，拍了拍自己的脸颊，又拍了拍我的脸颊，用同一只手，然后说，你是个可爱的男孩，阿尔维·杨森。然后转过身，打开门回到屋内，在灯光下脚步趔趄，一瞬间又五颜六色起来，衣服像翅膀一样向外翻着，短发闪着光。她把门重重地关上，甚至连原来的那些光亮都不再透出来。一开始我当然想跟着她，这么好的激吻之后这很合理，但她并不是出来接我进去的，这我可以肯定，她是个资产阶级，她有资产阶级的自信，我对她来说算什么，我是那个吻过之后就可以丢下的人，所以我不能跟她走。并不是因为图丽在那儿，看到我跟着接过吻的人进屋她可能会光火，更可能若无其事，而是因为在外面，一个人，在这回廊里，我还算是个人物。一进屋我谁都不是，只是个可以绕开的浮标。所以我不能进去。现在我对她反感起来，或许这不过是他们在屋里打了个赌，留着摩托车手发型的女人赢了，我觉得自己被利用了，但一个人大老远地回去还是很沉重，因为突然之间我有了离开的对象。

　　我从口袋里取出蓝色软包，又往嘴里塞了一支烟，空着的手划了根火柴点着，又抽了起来，或许是听到了什么声音，很轻的声音，我转过身，回廊右侧最深处，屋檐下沿着墙，有一张长椅，是张沙发椅，差不多算是，沙发椅上躺着个人。我之前没有见到她，肯定是因为她穿着深色衣服，与角落里的阴影融为一体。她很安静，可能一直在睡觉，肯定是，因为我一直没有注意到她，但现在我看到了她眼睛里的白色，她用胳膊肘支撑着上身躺在那里看着我。嘿，她说。她缓缓说出这个字，有些鄙夷，有些讥讽地保持着距离，仅用这一个字她就做到了，干得好。我不喜欢这样。嘿，我说。但这次她没有说话，于是我走过去坐到沙发椅边，贴着她的膝盖，在马尔莫岛之外我是绝不会这么做的。她的肩膀和胯部盖着一条毯子。你一个人？我问。她说，是的。我说，我也是。不，你不是，她说，你是图丽的老公，那个写书的。三本书，我说，也不是什么了不起的书。那好吧，三本不算了不起的书，她说，天哪，我居然都读过，但你并不是一个人呢，她说。大概不是吧，我说，但你没听明白我什么意思。不对，我听明白了，她说。这我还能说什么。我把一支烟几乎完全从烟盒中抽出来，递上去给她，她接过去，我点燃一根火柴凑上去，然后我们一起抽烟，我坐在她的膝盖旁边，她半躺着。你不开心吗？过了一会儿我问。是的，她说。我也是，我说。然后她说，这很难看出来。但那个吻还挺像那么回事，她说。没错，我说。舒服吗？她说。我说，是的，挺舒服。我心想，她难道是想让我也吻吻她？这我倒是可以的。但刚才是那个短发女人吻的我，不是我主动的。你不是那些五颜六色的人中的一个，我说。这么问合情合理，因为她躺在我身边，紧挨着我的胯部，穿着黑裤子和黑毛衣。谁？她问。里面那些人，我说。我可没注意到，她说。我说，注意到什么？她说，他们五颜六色。你没有吗？没有，我没注意到，她说，大多数人我都很熟，他们都是我的朋友。应该是什么颜色的？他们都很正常。这不是真的，我心想，衣服，多姿多彩的动作，我不喜欢的一切，一眼就能看出来，而她不是其中一员，就像我不是其中一员一样。或许她是在试探我，我想，肯定是,她想蒙混过去,装傻充愣。我感觉受到了伤害。如果他们是你的朋友,为什么你一个人躺在外面不开心,为什么他们不照顾你。这下她又沉默了,我心想,这下她更不开心了。要再来一支吗?我说着举起那包蓝色大师,我也就只有这些了,正好还剩两支,我们可以一起把它们分了。不用了,谢谢,她说。我其实也抽够了。

天已经很黑了,很难看出她的衣服到哪里结束、黑暗从哪里开始。你想让我也吻你吗?我问,她眼睛里的白色消逝片刻后又再次出现。然后她说,是不是离你上一个吻太近了,你嘴里肯定还有她的味道。她短促地笑了一声,但并无愉悦之情。我想她很可能是对的,这就像同时吻了两个女人,我是不介意,但我很能理解她会介意。我一刻都没有想过图丽,一直到事情过后都没想过还有她的存在。这很奇怪。对不起,我说,你肯定是对的,我勉为其难了,我平时不这样。平时几乎是完全相反,我心想。吻我,她说,有那么重要吗?我也不知道,我说,重不重要,或许很重要,或许对你不重要,但对我来说很重要。对话其实毫无意义,我也不知道我为什么会说那些话,对我来说其实完全不重要,我到底想干什么?我心想,到底想干什么?但她抬起头,于是我吻了她,可完全不同的是,她很生疏,肯定这就是为什么她一个人躺在外面的沙发椅上的理由。我立马就后悔了,我其实宁可只吻那一次,让我的嘴唇记住第一个吻，但现在太迟了。我嘴里有她的味道吗？我问。有，她说，这挺奇怪，实际上她是我的闺密。她这么一说，我突然感到非常疲惫、非常绝望，我并不想要这些，我不想听到这些话，不想成为其中的一部分，一切都将付之东流，我想，都以这种方式付之东流。然后我想，算了，这也没那么糟。但这是真的，我不知道该拿自己怎么办，不知道有没有什么地方，不知道有没有什么我愿意牢牢把握住的东西，一切都付之东流，我想，一切都消失了，一切都不见了，我骨子里什么东西都没有抓牢，一切都散了架，一样接一样的东西"呼"的一声翻卷着飞出去，腾空而起，一去不复返，就像叶芝的诗，猎鹰无法听见驯鹰人的呼唤[1]，而是滑翔到最近的那片嶙峋的高地，消失在蒙古的群山之间，或是西爱尔兰，在海岸边，在无顶古屋林立的大布拉斯基特岛。我曾在雨中见过海岸边峭壁上崩塌的石栏。

有那么一刻我觉得头晕目眩。我在黑暗中摸索，右手碰到了窗框，左手碰翻了一个花盆。我能在这儿躺一会儿吗？我问。挤不下呀，她说。挤不下也得挤，我说着，把膝盖抬到沙发椅上，向前靠过去，把自己挤到她和墙之间，刚刚好，但我担心会把她挤到地板上，所以我抱住了她。别走，我说。然后闭上眼睛昏睡了过去。

---

[1] 出自叶芝的诗《二次降临》，该句原文为"The falcon cannot hear the falconer；"。

我梦见了我的母亲和父亲。梦里是八月底，他们在城北靠海的丹麦夏屋里，站在各自敞开的门边，一扇门从厨房一角对着柳条篱笆，另一扇对着露台，可以看到一片草地。在我小时候草地上会有奶牛带着它们的小牛漫步一整个夏天。但现在高高的灌木丛里有野兔，还有山雉和野鹿，头顶上的鹰低空盘旋、轻盈沉着；草地背后仍有马匹沿着高大的橡树朝地平线飞奔；树木在夏天太阳落山的地方长得高大挺拔、遮天蔽日；西边另一侧的海岸，北国没有什么比这里更开阔。能听见外面的雨声，就像磁带里的录音，轻柔地移动着的声音，清晰的高音，淅淅沥沥，均匀温柔却又复杂的低吟覆盖着草原和柳林；还有篱笆后邻居家那些高大的杨树；雨中的雷声如远处隆隆炮响，却并不像战争那样咄咄逼人。屋里很安静，能听出区别来，屋内、屋外，静谧背后下着的雨，于是雷声和雨声与静谧同时填满梦境，互不干扰、各居一隅。还有他们俩，我的母亲和父亲，站在各自对着雨敞开的门口，从室内看着室外潮灰的天光勾勒出他们两人的剪影，他们看起来更像他们自己，而不是家中抽屉里的照片。她说，等雨停了我们把自行车拿进来。然后又是沉默。他说，很快就要停了。句子之间有长长的停顿。她说，是呀，很快就要停了。然后她说，我铺了床还关了窗。过了一会儿他说，挺好的，我们离开这里的时候窗不应该开着，我们走的时候得都安排好。他们对彼此这么友好，毫无紧张的气氛，我都不记得什么时候听他们这么说过话了。没有不耐烦，没有反唇相讥，只有轻如羽毛的友好，我都快哭了。然后雨静下来，雾气在草地曚昽的白色光线中升起，一枚银闪闪的太阳像五克朗丹麦硬币一样透过雾气在柳树梢上闪耀着，把一切染成白色，激烈而耀眼。他们仍站在那里，在各自的门洞里纹丝不动，剪影透明得近乎消散。他们不再说话，然后就完全消失了，但门还开着，空洞。看着雾气完全升起，听到远处的雷声，但并不像战争那样咄咄逼人。慢慢地，一切都安静下来，夏屋也开始消散，外面更冷了，只有那只乌鸦，还能听到它在自己的树上鸣叫，嗓音清澈如洗，图丽摇我的手臂时它还在鸣叫。一开始我并不知道是她，梦里没有她，我还没有从梦里出来，快结束了，我想，什么快结束了？

　　阿尔维，图丽大声说，我们该走了，对不对？听上去她并不是很想走的样子。我抬起头，四下望一望，揉揉眼睛，感觉到我的脸是浸湿的。从一扇开着的窗里流淌出金色的光芒，还有音乐和激动的人语，所以里面的聚会还远没有结束，但图丽说，阿尔维，来吧，我们现在可以回家了。好吧。我的双臂仍然环绕着那个黑色衣服的女人，以防她掉下去。她或许睡着了，或许只是闭着眼睛。她用深色毯子盖住了我们两个，或许是别人盖的。我慢慢松开手，手腕生疼，她真的差一点就从沙发椅上掉下去了，但我还抱着她，把她小心地推进去放稳，自己站起身。我如此搬弄，她不可能睡得着，她只是任由我推来扯去，但就是不睁开眼睛，她不想做第三者。这我很理解。

我们步行从沃尔莫岛走上莫瑟路。天空开始下起雨来。已经是周日凌晨，夜已深，路上没什么车，一辆孤零零的出租车亮着车顶的灯驶过我们身边，也不知从哪里来的，我能听到车胎摩擦湿柏油路面的声音。出租车突然闪着灯靠向我们面前的人行道，还没等我们招手就停了下来，但我们还是坐了进去。我说，怀特维特。司机闪灯续行，他知道我说的是哪儿。姑娘们在那儿吗？图丽说，和你母亲在一起？是的，我说，我们去那里，地下客厅里床都铺好了。不对，你去那儿，图丽说。我要去比约尔森，我不去怀特维特。我去那里干什么？你的孩子在那儿，我说。今天轮到你带孩子，图丽说，我今晚休息。我们先开去比约尔森，然后你去怀特维特。我心想，这下可就贵了。我看着司机的后脑勺，有多少从聚会出来的夫妻他没能送到家，有多少种情况发生。然后我向后靠在座椅上，我累坏了。好吧，我说，那就这样吧。

我们从斯多尔大街经过宿舍区转上豪斯曼大街。我们沉默地坐在后座。你为什么不跟她走？图丽突然问。谁？我说。美莱特，图丽说。那个"摩托车发型"的？我说，我为什么要跟她走？我以为你想呢，图丽说。没有，我不想，我抵赖道。她想，图丽说。我不相信，我说。你们可以想去哪儿就去哪儿的，图丽说，你们可以直接上楼去。我没明白，感觉自己轻飘飘的，麻木，她为什么这么说？我也不知道该说什么。不知道就不知道吧，图丽说，随你便。她的声音昏昏欲睡，突然很遥远。你想让我跟她上楼去？我说，想让我跟她走？图丽在昏暗中耸耸肩。我无所谓的，她说。

不记得我们在出租车里还说了什么。车沿悦兰大街向上，经过萨格纳教堂和萨格纳午餐吧，我们可能什么都没有说，她能说什么，我能说什么。她不会说我本应该待在家里，我也不会说她应该跟我在一起。她想说的恰恰相反，但当我让她离我而去的时候，让她在德利律师广场下车的时候，我记得自己心里想的是，我是不是该满不在乎地让这一切就此结束。但我无法满不在乎。我不想就此结束。

第五章

感觉她想把我送人一样。就像我什么时候跟谁一起到哪里去她都无所谓。只要别跟她在一起。

很长一段时间都是我先上床。她很晚才回家,然后磨磨蹭蹭,但她就是不进来躺下,而是宁可坐在客厅的地板上。有时我能听见她从入口微弱的光线中走进来,几乎是瘫倒在地,可能是喝高了。她外套也不脱,鞋也不脱,而是立刻从架子上抽唱片听,那既不是我的音乐,也不是我们的音乐,而是她的音乐,就是这两年通过别人而不是我跑进我们家的音乐,或许是那个扎着马尾穿黄外套的男人听的音乐,反正就是那些五颜六色的人的音乐。她一边跟唱那些我们从来没有一起听过的歌一边哭,她紧绷而亲昵的嗓音盖过了莫里西[1]的歌声:"在你身边死去,是如此幸福如升天。"如此这般地唱着,她心里想的肯定不是在我身边。我恨死这种音乐了,她却牢牢攥住音乐不放。她剥夺了

---

[1] 莫里西(1959—),英国摇滚乐队史密斯的创建人和主唱。——编者注

我的音乐。所有其他音乐最后都变得无味甚至讨厌，整个20世纪六七十年代都随风而去，除了莫扎特的唱片是18世纪的，而不是20世纪六七十年代的。但她在家的时候我不能放莫扎特的唱片。她跟钢琴协奏曲，跟《19号》《20号》《21号》[1]，跟所有最好听的那些音乐有什么关系？完全没有。

姑娘们在自己的房间睡觉，但她还是放着。"如果十吨卡车杀死了我们俩，死在你身边。"没完没了，声音还不小。有一次我听到客厅的门开了，姑娘中的一个肯定是站在了门槛上，是蒂娜，当时她六岁，还不懂英语，但她懂她的母亲。她说，你很难过吗？妈妈。图丽说，有一点点，我的女儿，我马上就要进去睡觉了，这样就会好一点。那就好，蒂娜很实在地说，那我也能回去睡觉了。回去吧，图丽说。

但她并没有照自己说的话去做，她没有进来睡觉，没有什么能吸引她走进我压抑的沉默，因为我有的只是黑暗，它从内部挤压着墙壁直至充满整个房间到临界点，除了我容不下任何人，她只要一经过门槛马上就会被推出去。所以她留在客厅里，在那里放着："男孩腰间长着荆棘，憎恨背后藏着弑人的爱欲，这唱的难道不就是我？男孩腰间长着荆棘，憎恨背后藏着弑人的爱欲。"我的腰间不就插着疼痛的荆棘？是我肉中带刺，我当

---

[1] 指莫扎特C大调第19号、第20号和第21号钢琴协奏曲。——编者注

然可以假装自己不疼，这是我的专长。我突然意识到她是为我放的这首歌，但这也于事无补；她是为我放的歌，因为她知道腰间插着荆棘的人是我，这就是她想诉说的，但她不能冲进黑暗的房间把尖锐的荆棘从我的身体里、从我的腰间拔出去，于是她只能发出信号：旋律的旗语，灵魂的旗语，你得去别的地方，阿尔维·杨森。她举起手，她放下手，她把手斜伸出去，就像披头士在 *Help!* 这张专辑的封面上做的那样，动作如此醒目，连我都能隔着门看见。我必须自救，那手臂说，我必须把你送走。

第三卷

第六章

时间尚早，还不到上午十点。我驱车从谢腾经过业勒沃森，到辛森立交继续向桑达克开，经过河边的酵母酒精厂。接送了图丽，她给我留下明显的疲惫感，身体里那种精疲力竭的沉重，腿也沉肩也沉，握着方向盘的手也沉。

我在本泽大桥的交叉路口右转，把车停到德利律师广场边黄色出租公寓前划出的停车场，穿过门廊走进住宅楼的庭院，庭院最深处是那个老马厩。资历最老的邻居在石板地上脚踩一个小马扎，以可怕的角度一边保持平衡一边清洗那辆已经明光锃亮的古董沃尔沃杜埃特，那是一辆刚退役不久的旅行车，炭灰色的车漆闪着光。天气阴转晴，太阳在云层间出没，气温回升。突然起了风，几乎欢快地扫过庭院，我想我得打个招呼，于是我说，嘿，永达尔，周日好。他名叫永达尔[1]，是从哈马尔来的。他从小就住在那儿，在那里长大。他的父亲在

---

[1] 挪威市镇，位于韦斯特兰郡。

火车站附近开着一家小店。他小时候跟罗尔夫·雅各布森[1]打过好多照面，比如诗人来店里为他的烟斗买烟草的时候，但他从没读过雅克布森的诗。从来没兴趣，有一次我问起时永达尔说。我觉得这还挺特别的。我倒会读一读，实际上也算读过。如今我们已经做邻居多年，记不起来我们之间有过任何可以算有实质性的内容或是有趣的谈话，反正我不觉得。他穿着一尘不染的连体工作服直起身子，手里捏着滴着水、冒着泡的海绵块，说，是呀，周日好，杨森，天气很美好吧。我说，不能再好了。他是基督徒。我注意到基督徒喜欢说东西很美好，"美好的世界""我知道有个美好的花园，那里玫瑰丛生"，诸如此类，但我是不会说这种话的，我觉得有点做作。

在图丽搬走以后没过几天的一个晚上，已经挺晚的时候，永达尔的老婆过来敲我的门说，节哀顺变，阿尔维。我说，永达尔太太，这里没有死人，这次没有，除了我之外，我大概是快要死了，我说。但这其实是个很糟糕的玩笑，她和我都明白。其实我是绝望至极，这是最糟糕的时候，没有之一，我觉得自己好像赤身裸体一般冰冷。我就是这个意思，她说，去年发生了这么可怕的事，现在再加上图丽的事。她红着脸说，是

---

[1] 罗尔夫·雅各布森（1907—1994），二十世纪挪威著名诗人，代表作有诗集《群集》《特别快车》《秘密生涯》等。二战期间，他因参与编辑一家支持纳粹的报纸于战后被判处三年半的劳动改造，之后他定居挪威东北部的哈马尔。——编者注

呀，没有死人，这次没有，我说错话了。唉，节哀顺变用得不对，但我烤了个蛋糕。她把蛋糕一直举到下巴，好让我看个仔细。是撒了椰子碎的巧克力蛋糕，看上去真的很好吃。她更喜欢我，我明白了，比起图丽她更喜欢我，我也更喜欢她，远远超过喜欢永达尔。他比她大很多，很显然。那天他出去了，他去哈马尔找他父亲去了，要在那里待上一周。他的父亲必须送养老院，他连自己的名字都想不起，他周围的人都变了样，这让他很害怕。永达尔当然没有开他的车，而是坐火车去的，不然那辆沃尔沃就要风吹雨淋一个礼拜了。我觉得永达尔太太计划要勾引我。这我不反对，我也希望接下来的晚上可以有个人抱一抱，最好多几个晚上，有她我能撑过去，有永达尔太太的话，我能平静下来，能慢慢地在她的后颈上喘一口气。她肯定很温暖，她看上去很温暖，我可以不假思索地接受这份温暖，但我觉得由我主动不合适。然而她也没有，或许是勇气衰竭了，或许是我想多了，或许巧克力蛋糕只是块蛋糕——很可能就是。但我感到有些失望。

现在她站在正对着我家的公寓厨房窗口，向下张望着后院里的永达尔和沃尔沃，还有我。他站在小马扎上手拿水桶和膨胀的海绵，沃尔沃的漆壳闪闪发亮，我站在石铺地上晒着太阳，耳边微风习习，身体里还留着长途开车去别克朗根的疲顿，再加之经过谢腾后才折返回家。其实并不算绕路，但怎么也都是一大圈了。我抬头看看她,用几乎看不到的手势跟她打了个招呼,她用同样的方式回应,看上去不止是打招呼,就好像我们很亲密,彼此有个暗号,他老公不知道所以也看不见,这是可能的,但实际上没有。当心点漆壳,我对永达尔说,别擦得太薄了。他笑着说,不会太薄的,你看到没有,我们面前可是一辆沃尔沃。我说,这倒是没错。今天它要出远门了,他说,一直开到哈马尔,会开得像做梦一样,他说,会是很美好的旅程。天,我心想,他真的要开这辆车呀。是因为你父亲吗?我问。他说,是呀,他状态不好。那祝你旅途愉快啦,我说,希望这辆车可以坚持到底。这你放心,阿尔维·杨森,永达尔说,我们面前可是一辆沃尔沃。我说,这下我记住了。然后我走过粗陋的石铺地到楼梯间门口,踩着每块都是老相识的地砖,沿着楼梯上楼。

公寓里很冷。卧室的窗仍然朝停车场和公交车站开着一条大缝。我又开始开着窗睡觉,尽管秋已渐深。早晨匆匆忙忙,出门忘了关,屋里吹出一阵凉风,一直凉到门厅。客厅里更糟糕,窗帘在风中翻滚,艺术挂历任岁月纷飞,冷得要命。我快步走向卧室去关窗,把它在有点歪斜的窗框上用力按住,然后转身面对凌乱的床铺。床单半躺在地上,被子横卧,于是我叠好被子,像以前学过的那样,叠得跟军营里似的四四方方、规规整整的,然后又回到客厅里,还是很冷。客厅里安了个煤油暖炉，在入口的墙角，但我知道墙上的十升煤油罐是空的，那两个五升装的塑料罐已经在门厅里空等了三个星期，因为我本来应该去油漆店一楼找图勒弗森把塑料罐灌满，以备冬天来临的时候好有个招架，但我没有去，我没想起来，天气太暖和了。每年都是这样。真是可笑。我的厨房里有一个小暖气片，卧室里也有一个，仅此而已。那天是星期天，油漆店不开门。我走到门厅里又加了一件外套，把海军大衣套在詹姆斯·迪恩夹克上，坐在沙发上卷了一支烟，我一边环顾着房间一边抽起了烟：我的照片，蒙克《第二天》的复制品，或许是一幅海报，这可以一直追溯到我小时候的房间，然后它跟着我搬到后来住过的各个房间。我把从斯文·林奎斯特所著的《吴道子之谜》的封面上拓下来的汉字"非"用银框裱着放在角落的书桌上。书桌上还有一尊银佛，它的怀里捧着个香炉，是我母亲和其他人去世时我从她家偷偷带出来的。对这尊佛我一直很着迷，从很小的时候开始。现在它是我的了。还有所有唱片，所有书架，所有这些年的这些书，是除了奥顿之外我唯一亲密的朋友，每本书背后都有一扇门开向一段不属于我的人生，但也可能属于我，从某种意义上讲，它们已经属于我，因为我把它们全都牢牢地系在了我心中的港湾。没错，从初中一直到现在，它们一路陪伴着我，没有它们我会成为怎样的人？没有波伏娃，没有桑德摩斯[1]、科拉·桑德尔[2]和汉姆生我会成为怎样的人？没有扬·米尔达[3]、海明威、杰恩·安妮·菲利普斯[4]，没有简·里斯[5]和梅尔维尔、伊扎克·巴别尔[6]和斯特林堡我会成为怎样的人？所有这些人以及更多。我会成为怎样的人，我也不知道。我会成为另一个人，或许成为我更想成为的人，我或许会把一切都用来交换更多的爱。不会。会。我三十八岁，图丽比我小四岁。我们从非常年轻的时候便开始在一起。她的母亲一直撮合我们，就差对我说，请收好，接下来交给你了。我不会对别人这么说。她也不会，我从图丽那里收到的爱并不比我自己付出的少。但还是不够。"你带走的爱等于你创造的爱"，披头士在他们录的最后一张唱片中的最后一首歌的最后如此唱道。或许并不是最后一张，争论尚热。但无论如何都是华丽的结局。比"她爱你耶

---

[1] 阿克塞尔·桑德摩斯（1899—1965），丹麦裔挪威小说家，代表作为《难民迷影》，其中著名的詹代法则被认为精准地描述了北欧人的特性。——编者注
[2] 科拉·桑德尔（1880—1974），挪威作家、画家，代表作为阿尔贝特三部曲。她的小说聚焦于孤独者，并富有女性意识。——编者注
[3] 扬·米尔达（1927—2020），瑞典左翼作家、评论家，一生关注社会主义革命，代表作为《一个不忠的欧洲人的自白》。——编者注
[4] 杰恩·安妮·菲利普斯（1952— ），美国小说家，以短篇小说出名，代表作为《黑票》《算账》等。——编者注
[5] 简·里斯（1890—1979），多米尼加作家，代表作为《茫茫藻海》《早安午夜》等。《茫茫藻海》以《简·爱》为蓝本续写了男主人公罗彻斯特的前妻疯女人安托尔纳特的故事。——编者注
[6] 伊扎克·巴别尔（1894—1940），苏联籍犹太族作家，代表作为短篇小说集《骑兵军》。1939年在苏联的大清洗中被指控为间谍，于1940年被枪杀，1954年苏联当局为其平反。——编者注

耶耶"成熟得多。但不管怎么说，他们背后也是近十年的岁月。

我熄灭烟头，穿着我的两件外套从沙发上站起来走到窗口，低头看停车场停着的那辆香槟色的马自达，那是我花一万五千克朗从一个摩洛哥来的男人那里买的，就在斯托夫纳的购物中心背后。他躲在一个卸货台后面，慢慢数着到手的每张五百克朗大钞，有些匪气，我感觉马上就会有辆警车从商场的转角出现，巡警看见我们站在这个位置，把我们抓个现行，因为我们显然不是在干什么合法的勾当。但这是一笔好买卖，虽然把车卖给我的那个人打着一本万利的主意。我试车的时候仅绕着商场转了一圈油箱里就没油了，然后他的朋友开着另一辆马自达在后备厢里带了五升的油罐来给油箱加了油，还没把五升都加进去。我们握手成交之后我开车回家，才到约肯发动机的温度就升到了可怕的程度，我下车检查的时候车又几乎没油了，我不得不走两公里路到最近的加油站买了两桶油。我不敢不这么做，差一点发动机就要挂了。

从卑尔根大街上下来一辆开往市中心的公共汽车，悄无声息地进站停在院子前，车门开启时传出熟悉的叹息，永达尔太太突然从我正下方的门廊里冲了出来，将将赶上公交车，就好像她正在逃离她的老公，因为她终于受够了，结束了，她要和另一个男人开始另一段人生，一个像我这样的男人。但愿如此，但永达尔是个可以嫁的好男人，他很善良。不像我，从表面上看不出来，我觉得自己并不善良。

她上车的一瞬间我看着她披着风衣的背影，对她产生了一种好感，如果一年前她向我示好或者我挑逗了她的话，这种好感将不可能产生。

或许，谁知道呢。

我回沙发上坐下，又卷了一支烟。我很焦虑，这我已经说过，但才吸了几口我就把烟踩灭了，躺下去试着什么都不想，只想我现在躺在那儿，此时此刻，在时间线的中央，没有未来也没有过去，只有这个我在这个房间里，一根细铅笔线，这是我以前跟一个灰胡子的瑜伽师学的，在威尔瑟大街沉重的石阶半道上的那套老租赁公寓的二楼，在代克曼大街和弗雷顿斯伯格路之间的坡顶上。我当时只有十七岁，那是二十多年前，但现在我做不到了。瑜伽师教过我一句曼陀罗咒，一个属于我并只属于我的词，让我在冥想的时候用，这是他在结束与我十五分钟的谈话之后声称的为我量身定制的，重要的是不能透露给任何人，特别是那个跟我一起来，也想拜瑜伽师为师的人。是奥顿，人类中我最亲近的朋友。其实也是唯一一个。我们一起在两根蜡烛的光芒中照了一刻钟，蜡烛放在两个橙子背后，橙子放在瑜伽师要求我们带来的一块白布上，我找不到其他白布，就借了我母亲有的最大的手帕。两人加一起半个多小时，我们出来回到石阶上后立马就把我们各自得到的曼陀罗咒告诉了对方。曼陀罗咒当然是一模一样的，尽管找不到比我们俩更个性迥异的两个人。但我现在想不起来他给我们俩的是什么词、什么曼陀罗咒，于是取而代之，我事与愿违地想起了我是如何刚好在一年前也恰好躺在这里，在同一张沙发上，以同样的姿势，就在那时图丽的一个女朋友从楼梯口推门进来，我不知道为什么没有锁门。是美莱特，她没有敲门直接闯了进来，手捧一个大纸板箱从门厅走进来，穿过客厅经过沙发，我正仰天躺在那里瞪着天花板，身上除了平角短裤和背心没穿什么别的衣服，因为那时候天气比现在热，一股热浪席卷城市，秋老虎天气。她看到了我，笑着说，哎呀，你躺在这儿呀，天，好可悲！但我无法回答她，也无法站起身，我有两百公斤重还黏在了沙发垫上，她又笑了，转身进厨房开始从厨房柜里往外拿杯子和盘子，我的厨房柜，我的杯子和盘子，至少我这么以为。没人告诉我图丽还有东西留着，留在厨房里，在柜子里，或许她出尔反尔想要更多东西，于是派她的朋友美莱特千里迢迢赶来完成任务，因为她不敢亲自出马。因为我。

　　美莱特回来了，从厨房端着装满瓷器的纸板箱出来，经过的时候她低头看了看我，但这次她没有说话，只是笑。她很漂亮，她曾在一个聚会上吻过我，在马尔莫岛的一座大房子里，我们两个都有点醉，我还记得她的味道不错，甚至可以说非常好，并不算很久以前，一年多前，或许两年前，但不会更久，时间还没有长到足以忘掉如此高质量的一个吻。但我不相信她还记得，记得那个吻有多好，或许她根本不记得那个吻。她比我醉得厉害，但她是故意吻我的，反正这是肯定的，就好像她想这么做想了很久，想吻我，很可能她就是这么想的，但现在她不想了。

装满瓷器的纸板箱很重，她不得不先搁在一个膝盖上然后再挪到另一个膝盖上，最后一鼓作气举到胸口，这么来了两回才前进到门厅入口，这时我才费力地从沙发上站起来，我得帮帮她，她一个人搞不定，我想，她一个人没办法把我的东西搬出我的家。我完全站起身，直立着身子向她伸出手说，你看，让我来抬吧。于是她又笑了，说，阿尔维，你他妈快给我躺回去吧。我的天，太可悲了！这让我很困惑，她怎么可以用这种口气和我说话，在我自己的家，这么粗鄙。她不是我的朋友，但一次在聚会上我们吻过对方，我觉得她这么漂亮的同时她又用这种口气和我说话，这样做很丑恶、很不友好，她把我踩在脚下，但我不知道为什么。我没有伤害过她，恰恰相反，但我什么都说不出口，她什么都不想听，我对她来说什么都不是。

我又躺回了沙发上。我能看到她在门厅末端，捧着纸板箱挤出门走进楼梯间，像男孩一样的短发紧贴着后颈，很吸引人，能听见她"砰"的一声用脚跟重重地摔上门的声音。楼下肯定有人在等她，或许有人会来接她，帮她处理这个沉重的纸箱，因为我住在三楼，层高很高，台阶很多。或许是不久前我看到停在院子跟前的公交车站旁边的那辆黄色凯路威，车里可能有更多图丽的朋友，穿着五颜六色的衣服在那儿等着——那些我永远不可能穿到身上的衣服。

　　门厅里安静下来。我能听见她的脚步声渐渐消失在楼梯间。我坐在沙发上，低头看着我毫不设防的白色平角短裤和背心，心想，我完全不是我原来的样子。粗重的手臂、平坦的胸肌、尖削的膝盖，加在一起就是我的身体，我认不出自己的身体，同时又想不起其他时候、其他年龄段、那天之前的我看起来是什么样子。这让我很困惑，但我并不自怜自哀。我是自由的男人了。我能自己决定什么时候痛苦，我想，我一直都是这么声称的，也是这么相信的，但突然之间没了底气。什么样的意志可以帮我从这一切中解脱出来？我想。反正我自己做不到。我放手了，我想，放任自流。我放手了，我想，你接手吧。

　　于是我放开手。这就是我一直害怕的事。一扇铰链作响的坠门在我脚下骤然打开，深井下，水黑得像汽油，下面闪着微光，或昏暗，我感受着身体坠入潮湿黏稠的昏灰和让人作呕的空洞里，还有皮肤上冰冷的冲击，落入水中时甚至可以听到

"扑通"一声,然后周围就陷入黑暗和沉寂,我什么也听不见,什么也看不见,醒来的时候已经是夜晚,客厅里漆黑一片。我在沙发上冻得要命,首先想到的是,是他干的,我不在的时候他接手了,趁我睡着的时候。好像并不是这样,我没有任何其他感觉,并没有多出什么之前没有的东西,于是我感到一阵从未有过的突如其来的失望,没有任何附加价值,没有轻松感,他没有为我注入任何活力。与此相反,我的身体沉重而僵硬,几乎可以掰碎,我尝试动一动,疼痛一直传到指尖。一切又回到了我自己的手上,就像过去一样,失望无边无际。我抬头望着奇怪地飘浮着的屋顶,就像我年轻的时候从萨特那儿读到的一样,一定是他,在某一本我读过的他的书里:我们被判了自由之刑。判刑。但我不想要自由,我累了,我想要有人扶着我的胳膊把我举起来,抬着我前进,进一个我从没有进过的房间,一个大房间,让我好眠无梦。

继美莱特闯进又摔门而出已经过去整整一年,但我还记得那激烈的冰冷和颤抖,以及我如何在意念的挣扎中从沙发上站了起来,我振作精神,就像母亲常说的那样,你给我振作起来,阿尔维,她常这么说——尽管我总是希望她能说些别的话。然后我慢慢地移动到浴室,在狭小逼仄的淋浴房里打开淋浴龙头,淋浴房里塞满了姑娘们所有没用过的、无用的沐浴用品和洗发水。我站到温暖喷涌的水花中,身上还穿着背心和平角裤,直到感觉到寒气从我的肩上消散。当我顶着浴巾从浴室出来的时候,我想,我到底多老了,不记得任何生日聚会。但已经是秋天,空气充满寒意,所以哪怕没有聚会也应该有什么标志,因为我生下来的时候有阳光,是夏天,草地上长着三叶草,还有黄蜂,新修剪的草坪、冰激凌、沙地芦苇和海水,我是阳光男孩。但现在不是了,我想。几小时前她踢开门离开我家的时候肯定不会这么想,想我是个阳光男孩。

第七章

图丽走了，也就意味着姑娘们很可能不会在附近出现，不会在比约尔森。第一个半年她们每隔两周的周末会来我这里，有时周三也会来，我起床后到客厅，坐到沙发上抽支烟或是在十五瓦微弱的顶灯灯光下穿过门厅去厨房的话，几乎也不可能撞上她们中的任何一个，没有维迪丝，没有蒂娜，没有图娜，所有的空虚黏附着意识，让我对家产生了恐惧。渐渐地，半夜起床上厕所成了难事，因为那些由敞开的门背后挤压的黑暗所形成的三角形柱子足以容纳一个成年人，这个人紧贴在角落里，悄无声息，耐心等待着我毫无戒心地走向厕所或厨房，以便在我经过的时候扑向我。

有时在夜晚，外面还有天光，电视机一直停在瑞典台，这样我就不会错过关于奥古斯特·斯特林堡的节目——说好会播放但出于某种原因延期了的节目。我还是会冲进厨房，从抽屉里取出那把长刀，是十年前在克里特岛上买的，卖给我长刀的男人穿着全套民族服装，他住在岛上的山庄，那里的孩子出人意料地全都是蓝眼睛，我把刀从木鞘中抽出来插在沙发垫之间的缝隙里，以备有人轰然闯进紧锁的门取我性命。我把刀搁在不同位置，分别练习右手和左手以找到最自然、最精准、最有效的握姿。那个想要杀我的人或许会把刀从我手中抢下来，然后用它来对付我，捅我的身体，这是我必须严肃对待并认真思考的，但最近这焦虑的一年让我变得身手敏捷，对我自己而言也是如此。据我评估，我基本可以做到先发制人，只要我的技术足够精湛便能一刀封喉。

每隔两周的周五下午，放学之后，我会站在谢腾排屋尽头的停车场等姑娘们。她们会先把书包放回家，然后再带上事先打包好放在门口的拎包，包里装满了衣服和她们其实不需要但图丽认为她们需要的东西，但这都没关系，也没什么好争的，我们只需要爬三层楼，我觉得我们很开心，并且确信姑娘们也这么觉得。

圣诞之后，她们就不想再在周末来我家了，连理智正直、一向公平公正的蒂娜都不愿意来了。接受这一现实并不容易。打电话来的是维迪丝。十二月底，圣诞和新年之间，因为平安夜很晚的时候发生的意外——我确定没人听说过，我浑身好几处还酸痛着。我在煤油暖炉旁角落的小板凳上支了一棵小圣诞树，并在面向交通环岛的窗上挂了一颗半共产主义的圣诞红星。

维迪丝十二岁了，还是大姐，她肩负起了责任而没有推卸给她母亲。这次谈话会很正式。她说，爸爸，以后的周末我们都不会来找你了，我们都同意，开学之前我们可以再来一次，但以后就不合适了。我的胸口马上燃烧起来，但我不敢问是出于什么原因，因为我不知道自己是不是能够承受我可能得到的回答，于是我只能默默接受，我眼睛都不眨地放弃了我显然享有并肯定可以得到法律支持的权利，我无法逼她们违背自己的意愿。这不是我为人处世的风格。我说，好吧，维迪丝，这对我来说是个很沉重的消息，但如果你们已经都同意了，那我可能只有低头认命了。我不知道我还能说什么，她那么严肃，我不想为难她，我做不到，但我还是说，有没有什么我能做的或者说的，能让你们回心转意吗？我想没有，爸爸。好吧，我说。现在胸口已经烧得很厉害，就像我摔了一跤又一跤，就像扫罗在去大马士革的路上一路跌跌撞撞，眼中照射进一道难以忍受的强光，然后变身成了保罗[1]，就在同一条落满灰尘、滚烫燎脚的道路上，我也失去了自我，成了另外一个人，成了另外一个父亲，我沉默了。维迪丝说，爸爸，你还在吗？我说，在，我现在在。但其实我不在。在的是另一个人。我得挂了，维迪丝说，再见，

---

[1] 这里的保罗和前文的扫罗是基督教《圣经》中的同一人物。保罗原名扫罗，最初为虔诚的犹太教徒和法利赛人，他奉命搜捕基督徒，至大马士革时突然被强光照射，耶稣在光中嘱咐他停止迫害基督徒，他从此转而信奉基督教，在各地传教。——编者注

爸爸，我还是很爱你的，或许我们可以多打打电话，她说。但现在口气不那么正式了，我能感觉她几乎要哭出来，于是我尽可能快地说，我们可以的，我也很爱你，再见了，维迪丝，很快又要通话的。

肯定有那么几回，我站在谢腾排屋停车场等的时候显得很疲劳，肩膀靠着车门，或者下雨的时候坐在车内头顶着窗户，如果前一天我去过奥斯陆市中心的话，也就是周四晚上，但发生的次数并不多。我从来不会酒驾，在我看来自己很小心，图丽搬走后的那几个月以及目前为止的冬天我对自己很满意，姑娘们截然不同的反馈来得太突然。新年之后一切都不同了，我越来越少出门，并不是晚上，而是白天，平时，周六。我的生活越来越狭隘。

有段时间我一直想到死，我会死，忍不住会想。不是"最后"会死，我们所有人都会死，而是我不久之后就会死，不到一年，甚至更早，几个月之后，身染闻所未闻的神秘疾病——至少在挪威没人听说过，是随船从非洲或东南亚传来的顽疾，装挪威石油的油船暂时空仓，人员一路伤亡惨重，或是我痛苦地死于肺癌，这种可能性更大。在梦里也会梦到，我总是会突然惊醒，站起身走到客厅里卷一支香烟，是的，一支烟，坐在沙发上看着永恒的环岛和石碑抽烟，或是走下楼梯，坐进我的车，趁着夜色驶离比约尔森，在半黑或全黑的夜色中开进市中心或开上国道，几乎总是向东。我之前不知道自己其实是怕死的，没有任何内心发出的声音给过我清晰的口信。但每次经过一个熟悉的地方，一片广场或一条街道，一个加油站——可能我在那里停车加过油——或是一个咖啡馆，我进去喝过一两杯啤酒，就忍不住会想，这是我最后一次见到；我看着咖啡馆里成排亮着的灯，这是我最后一次见到，最后一次见到这些人围坐在桌旁，最后一次见到窗户上人影绰绰，见他们从黑暗中现身进入昏黄的光芒。那已经不再是我的光芒，那样我也无法把这光芒加入光芒的总和，就像托尔斯泰说过的那样，把你的光芒加入光芒的总和，因为那已不再是我的光芒，我不再放光，我可以对自己大声说出来，这是我最后一次见到这个地方，我再也不会回来。我大声说出来会让这一切更凶猛，更可能发生，虽然目前只是头疼。反正这让我很忧郁、悲伤，有时候悲伤到哭了出来，这听上去很可悲，但关键是我很快就开始相信这是真的，在不久的将来注定发生，我看不出有其他脱离目前困境的可能性。既然我无处可逃，那就必须靠一次意外，或一场疾病。

我还得买吃的，这没什么好说的，我还出去散步，特别是周日上午。我会沿着比约尔森大街上行，上坡穿过比约尔森公园，里面都是高大苍劲的古树，途中穿过社区农圃。那里挺好的，隐蔽，静谧，像一个独立的空间，在自己的世界里，只有我存在于玻璃墙后，城市的喧嚣如此遥远，不久之后走出那个空间，沿着嘈杂的斯塔万格大街下行，从高处进入城北墓园，穿过墓碑之间的小径，墓碑上闪烁着黄色的哥特体名字，上上下下，来来回回，我一边思考着，或者尝试去思考，但我想不出一个与现在不同的别样人生，在此时此刻，看着另一个世界延展开来，我无法跟着这个念头走到尽头，不遗漏任何细节，直到抵达终极意义而自动停止。我做不到。

我不认识任何在北城墓园入土的人，家族中也没有任何人。我在这里找不到我的亲人，这也是合情合理的，因为我的母亲是丹麦人，我父亲的父母是瑞典人，出生于沃勒茵城区。当时奥斯陆还叫克里斯蒂安尼亚，并且又这么叫了三十年。这对我来说挺合适，我根本不想在这里寻根，我也不是来这里跟旧相识打招呼的，但我会自言自语地把那些名字念出来，如果很有意思的话。有些还挺有意思。我肯定不会在大白天去奥斯陆市中心，除非万不得已。我不会把白天跟黑夜混淆，我不想在大白天遇到宁可在夜晚遇到的人，我想这和光线有关系，光线太强，大家都会看到我走上卡尔·约翰大街，无牵无挂，看清我是谁，并代表我感到不适，然后堂而皇之地转过脸去。不行，不能这样，所以我写完之后，或者更正确的说法是，我写作的尝试结束之后，就留在家里。我睡觉。望着窗外，望着石碑上奥勒·德利[1]青铜色的侧面像，望着公共汽车和上车下车的乘客。我试图阅读。当焦虑过甚，注意力出奇地难以集中在书页上的时候，我会一大早便下楼坐进马自达，开车去瑞典，远远地开到跨过国境线后的第一个省——韦姆兰省的小城阿尔维卡。周三或周六是该城的赶集日，我和我最好的朋友奥顿在很久之前为了聊天去过好多次，那时候图丽还没有出现，我们一路聊啊聊，在他的浅蓝色福特陶努斯里，彻底地自由而开放。

我第一次一个人去那里是图丽消失的几周后。我在车里待了整整两个小时，烧掉了足够填满一整个池塘的汽油，但突然之间我就到了想去的地方。国外。

阿尔维卡有个甜品店，名叫"城市甜品屋"，在主街拐角的音乐学院和公交车站对面。里面的一切看上去都像是开在战后不久的样子，也就是1947年甜品店第一次开门营业时的样子。这让我隐约想起卡莉姨妈咖啡馆。它位于奥斯陆的别勒郭大街和悦兰大街相汇的拐角处，德占时期后我母亲曾在那里做了多年的服务员，我听说过它在我出生多年之前的样子，但从没亲眼见过。

我坐在二楼一直坐的那个座位上，点了咖啡和奶油蛋糕，

---

[1] 奥勒·德利（1851—1924），挪威法学家。——编者注

就是最接近我们吃的拿破仑蛋糕的那种。眼前是音乐学院，以及从跟前经过的瑞典人。感觉他们很陌生，高深莫测，有些可怕，感觉像是外国人，他们当然就是，但他们看起来不像，他们看起来就跟我们一样，外观、衣着，就像我们挪威人。我也不知道自己为什么会这么想。有点幼稚。

靠着墙有一台报废了的点唱机，一盏罩着两层磨砂玻璃灯罩的壁灯下挂着一张玛丽莲·梦露的大幅黑白画像，但嘴唇是消防车红，稍远一些詹姆斯·迪恩站在雨中的时代广场上，穿着长风衣，唇间叼着烟。陡峭的旋转楼梯下挂着一张同样大的猫王照片，他膝盖弯曲，手握麦克风支架，整个身体可怕地倒向一侧。灯罩因为年代久远已经发黄，墙也该好好洗洗，椅子都罩了一层勃艮第红的布料，我已去世的长兄总是称它为"仿皮"，其中有一把，光滑的硬质布料已经因老化而开裂，一点点陈旧的海绵撑了出来，但我其实并不觉得那有多不雅。

我吃着蛋糕，又点了杯咖啡，把书放在二楼靠窗的桌上，坐下来读了一个小时，或许更久，毫无问题。我感到一种平和。然后我走下陡峭的楼梯，走到熙熙攘攘的集市另一侧的国营酒庄，就在火车站对面，火车在那里停留一刻钟然后继续穿过几个大平原朝斯德哥尔摩前进。在酒庄我会照例买一瓶卡尔瓦多斯，回去的路上我会绕道去一下"山毛榉书店"，一家很小的教会书店，每次柜台后面那人看到我头顶响着门铃、口袋里响着铜子儿（哪怕只是打个比方）走进店门的时候都会满面堆笑，因为他知道我会花点钱，有时候会花很多钱，但不是买基督教的书。他也有其他书，几乎全套的塞尔玛·拉格洛夫[1]。她是韦姆兰省人，也算是个基督徒，比起挪威经典名著来我更熟悉瑞典的经典名著，斯特林堡、亚尔马·伯格曼[2]、拉尔斯·阿林[3]、尼尔斯·费林[4]。你书读得挺多，他说。我说是的，但还是比以前读得少。我太焦虑，我想。但我还是会像以前一样买很多书，我说，我忍不住。慢慢会好的，他说。我说，是的，肯定会好起来。我是说读书的事。希望如此，他说，这样你就会多来几次。我怎么都会来的，我说。这让他很高兴。有一次趁打折我买了亚尔马·索德伯格[5]的小说和短篇小说全集，然后把整套书一口气畅快地读完，但之后又不读了。另一次我为我的书籍收藏添了一本《圣经》，瑞典语译文，也就是维尔海姆·莫伯格[6]口口声声说的"原版"，一次有人要送他丹麦语版的，他不肯收。他要

---

[1] 塞尔玛·拉格洛夫（1858—1940），瑞典女作家，1909年获诺贝尔文学奖，主要作品为《耶路撒冷》《假基督的奇迹》等。——编者注
[2] 亚尔马·伯格曼（1883—1931），瑞典戏剧家、小说家，主要作品为《公爵的遗嘱》《尼尔斯骑鹅旅行记》等。——编者注
[3] 拉尔斯·阿林（1915—1997），瑞典小说家，主要作品为《脚趾与宣言》等。——编者注
[4] 尼尔斯·费林（1898—1961），瑞典诗人、词作家。——编者注
[5] 亚尔马·索德伯格（1869—1941），瑞典小说家、剧作家，主要作品为《格拉斯医生》。——编者注
[6] 维尔海姆·莫伯格（1898—1973），瑞典作家、剧作家，主要作品为《移民》系列。——编者注

原版的，他说。那次山毛榉书店的那个男人格外高兴。你是我们中最虔诚的基督徒，图丽说过，那是个星期天，我们参加一个婴儿的洗礼，我不肯唱歌。我觉得太难了，而她那边倒是每一首赞美诗都能扯着嗓子唱完，因为她无所谓，什么都不相信，所以想怎么样就怎么样了。但我不能唱。我没那种自由。我觉得有人在审视我，并不是教堂里的那些人，不是那些我熟识的亲朋好友，而是上帝，当我一边背负着疑虑唱着赞美诗一边宣称自己不信教的时候，他能看出来我有多假，我有多虚伪，上帝看着我将信将疑地坐在长凳上就觉得可笑，而这嘲讽的笑声直刺我的心房，于是我就变成哑巴了。我唱不出来。

去阿尔维卡再返程基本上要占掉一天时间，这也是我要去那里的原因。

有时候我也会尝试在主街最上方城市甜品屋二楼的那张四十岁高龄的瑞典桌子上写作，用铅笔，通常是在对折的A4打印纸上，也就成了A5大小，而不是笔记本，笔记本更累赘，有一种毁灭性的责任感。这样感觉更浪漫，更像经典作家的样子，坐在异国的咖啡馆里用铅笔写作，就像20世纪20年代海明威在巴黎那样，像他那样削铅笔让铅笔屑掉在小碟子上，然后倒在一角，用挺括的绿色字母写着"城市甜品"字样的餐巾纸上，但慢慢从我的后颈上就能感觉到自己怀疑的目光，所以很少能写出点什么东西，这就是过了头。本来应该看看书就好。

第八章

然后我就开车回家了。穿过森林小路，每三年那里的路面就会铺一次柏油，但也白搭，每三年——并不是同样的年份，冻土在四月消融时都会把路面炸得粉碎。与之相反，我经过的那些伐木道的路况倒是惊人地好，但可以看到伐木场向山丘延伸，留下大片死寂的荒地，就像T.S.艾略特的《荒原》中出现的大战后的废墟。"四月是最残忍的时节，"他写道。我并不完全同意。那些砍伐过的山丘如同它出现时那样突然地消失，森林又出现在那里，在我的想象中恒久不变。但想象是错误的。大部分的森林都是种植的。但沿着那些平静大湖的堤岸，沿着罗姆湖，沿着米耶姆湖和塞特湖，看着美丽的、若隐若现的湖滩，我能看到易洛魁联盟[1]的海华沙[2]跪坐在自己的白色独木舟上，在明晃晃的水面上朝着对面的湖口滑行，从那里开始朝南沿河而下，

---

1 是一群居住于现代美国纽约州、宾夕法尼亚州、俄亥俄州和加拿大魁北克的印第安人，在16世纪末由五大部族组成。——编者注
2 又名"阿约恩温塔"，是奥农多加部落印第安人的传奇领袖，与同样富有传奇色彩的首领德卡纳维达一起创立了易洛魁联盟。——编者注

向各个部落传递和平的消息。这是他自愿承担的艰巨任务。那时他还年轻,但他散发出来的威严感动了所有人。如果我聚精会神,还是有可能看见他的,就像我一向能看到他那样。自从我小时候读了第一本书并深深沉迷其中成为印第安人之后,我那时还是个孩子,孩子们爱扮演印第安人,但我根本不想扮演印第安人,我就是印第安人。区别很大,当我和其他孩子在儿童乐园里玩印第安人游戏的时候,他们是在扮演印第安人,我没在扮演,我就是印第安人,并且一直能感觉到我与他们的不同。当他们的妈妈从排屋里出来喊他们回家吃晚饭的时候,他们就不再是印第安人了,扯下羽毛回家吃饭,双手一摊、战斧空空,而我留在原地,沿着小径游走,遁形于昏暗的夜色中,在每个拐角处的每一棵树冠高耸的大树之间,复制出永无止境的一行,最后我的母亲当然也会出来。但我还是会想,假如她没有出来,假如她没把我从儿童乐园黑暗的阴影中喊出来,我到今天都还会是一个印第安人。假如她在一个短暂而决绝的瞬间忘记了我是她的儿子,我会继续沿着小径走向深处并留在那里,我会一辈子做一个印第安人。我一直抱着这样的希望,希望我可以就这样消失,但只要稍稍回望一下排屋中的家,就又会立刻被吸进去,并听到背后的关门声,进入一个遥不可及的世界,然后我不得不把想法抛于脑后,因为我正开车经过那些古老的原木流送槽。它们陡峭地从湖泊插向河里,一直到不久之前的 20 世纪 80 年代都在使用,但现在已经废弃,枯朽、灰暗,再往下游的水道里，河狸已经做好过冬的准备。河边坡地上的森林地面铺了一层白杨、赤杨和银柳的树渣和碎屑，在树干之间像铺了一层金色的地毯，许多树干卧于"地毯"之下等待着清点，有些无可奈何地半悬着树根，等待着即将到来的冬季寒风来送它们最后一程。

第四卷

第九章

带我回家的第一个女人渐渐地，但显而易见地有了挫败感，为什么你还不上我，她说，老天，为什么你就是做不到。但我就是做不到，然后她就受够了，虽然我什么都没做。她把被子掀到一边，光着身子爬过我到床的另一边，滑下床，肘关节先着地，落在另一边靠着赤裸的墙放着的立体声音响跟前，把唱片从架子上抽出来，这时候膝盖还搁在床上，背朝天找到她想要的那张专辑，是马勒的《第九交响曲》，也是他最后一部完整的交响曲，封面上是一位日本指挥家。房间里很暗，但我还是在出租公寓楼前大街上那盏路灯微弱的灯光下瞥到一眼他的脸和半长的灰白头发。《第四乐章》，就是它，她说，听听，听了你就知道我什么意思了，相比之下，你还是个已婚男人，你明白吗？阿尔维·杨森，你是个已婚男人！她几乎是在喊。我刚离婚没几个星期，我告诉过她，但我没听过这个乐章，我已经许多年没怎么听古斯塔夫·马勒或其他古典作曲家的曲子了。20世纪70年代的《枪与爱尔兰共和军之歌》还有马里、泰勒马克和约克郡的民间音乐，之后就是许多尼娜·哈根和冲撞乐队、迟到十年的鲍伊、警察乐队，斯卡音乐，特别是"特别乐队"，听过很短时间的莎莉·欧菲尔德，跟斯卡音乐[1]没有什么关系，事后回想起来还挺尴尬，但还是事出有因，反正我是这么认为的。图丽没法从古典音乐中找到任何共鸣，直到我喧闹地带着我的一切闯进她的生活，并占领了大部分的文化喜好。她当时太年轻，所以我也没再碰那些她从未拾起过的古典唱片。但在怀特维特的老家时我常听贝多芬，特别是《D大调小提琴协奏曲》，还有《第四钢琴协奏曲》，也听巴赫的《管弦乐组曲》，还有拉赫玛尼诺夫，听得比柴可夫斯基多，甚至还听肖斯塔科维奇在麦乐迪亚厂牌下录制的苏联唱片，趁跟我合住的哥哥出国我独占整个房间的时候。家里没有别人听古典音乐。只要收音机里一放交响乐、钢琴协奏曲，哪怕是弦乐四重奏，收音机都会瞬间被关闭，不管是厨房里整天开着的酷锐牌便携式收音机，还是客厅里那个早一分钟都不行只有星期天礼拜过后才打开的柜式收音机，尽管家里除了我之外没人做礼拜。而我会在匆忙有限的时间内去。

我所有的那些古典唱片都是在王子大街的阿尔纳·吉姆纳书店买的，这样我就可以不用面对卡尔·约翰大街那家挪威

---

[1] 起源于牙买加的民间音乐，与美国的节奏布鲁斯融合改良后形成了斯卡音乐，于20世纪60年代成为美国流行音乐的一部分。——编者注

音乐出版社的柜台后面以谢尔·希尔维为首的那些专家了，反正我本来要买的也是书，哪怕我买唱片也至少会买一本书。但马勒我确实没听过。现在《第九交响曲第四乐章》也就是最后乐章的第一个音符在黑暗中非常缓慢而克制地蔓延开来。我光着身子，没盖被子，冷飕飕地暴露着，她白花花地坐在床中间，笔挺而微醺，挥舞着纤细雪白的胳膊指挥着交响乐，音乐击中我时，意味着自由的"未婚"并非进入我脑海的第一个词。听上去更像是我，就是当下我的感受，为什么她听到的不一样，为什么她听不出是我。本该很简单。但她听到的和我听到的不一样，她不了解我。我也不了解她。在那天之前我没见过她，我们是在一栋名为"电熨斗"的房子里举办的一场文学活动上认识的，那地方在大白天我永远不可能找回去。但不管怎么说还算顺利，我是说我们在我们该在的地方，在她的床上，在一栋并非在河东岸但又不能算是西区的、跟中等集装箱大小差不多的公寓里；我们在奥斯陆的众多过渡城区之一。我人生的大部分时间都是在这个城市度过的，我出生在这里，成长在这里，成年后在好几个城区都居住过，但对于过渡城区，我比许多移民了解的都少，奥斯陆最朦胧的区域，宿舍区，我只有坐出租车经过的时候会透过车窗观察一下，大都是夜晚。潮湿、灵动的空气中，灯火通明的街道迷人心窍，解散了那些寻常的交通枢纽，沉没在蓝色的黄昏和冰冷的黎明中，飘浮着，就像《里卡尔多·雷耶斯离世那年》那本书中萨拉马戈[1]笔下的里斯本一样不明确,她们都住在那里,大部分我试图接近的未婚女孩,或者我以为的未婚女孩,都住在某个类似的区域里,我离开那些地方之后就再也无法把它们与其他城区连接起来,以鸟瞰视角,我无法把它们放回地图上,紧贴任何一个我熟识的城区,它们仍然是孤立的。我想过,她可能会伸出坚定的手拉我一把,或是给予我遍寻不着的温暖,我以为自己丢失或从没得到过自认为应得的温暖,这也是为什么我无法把这份温暖传递给别人,特别是图丽,少之又少。尽管她具备——没错,不能说是难以接近,而是——相当坚毅的外貌,但我仍能觉得她为我的死乞白赖留了一道门,这种感觉出人意料地强烈而明确。对我自己来说也是这样,火烧火燎,但自从我们到了她的住处,到了一个不明确的地区,一切就急转直下。正当我走进她住的公寓准备关上身后的门时,我忽然觉得不得不回望一下我来的地方,那里已经几近废墟,还能看到灰粉和瓷砖从仅存的几堵墙上坠散,粉尘像狼烟般从地面升起,失去支撑的屋顶,破败的屋梁,我转身看到这一切,毫无征兆地化为盐柱,而她立刻就明白了。为了我们俩,她本来可以在门槛上阻止我回望,带我全身而入。那样的话关怀一定胜于一切。但她却不耐烦起来,说,你呀,阿尔维·杨森,你这是怎么了?

---

[1] 若泽·萨拉马戈(1922—2010),葡萄牙作家,1998年获诺贝尔文学奖,主要作品为《修道院纪事》《失明症漫记》《复明症漫记》等。——编者注

但我却像淋在雨中的床垫，湿透、沉重、动弹不得，困于沉默，我留不下来，但如果我走了，我又是谁。于是我打出了手上最大的牌。我为自己开脱。我用烧毁的船作为挡箭牌，厚颜无耻的我。我受到了伤害，我说，这就是为什么。我没有用离婚说事，让人困惑的是离婚对我来说感觉更糟糕，但对她来说并非如此，离婚不够刺激，无法让我更特别，我是个已婚男人，她说过。尽管我已经不是了，或许语气中透着鄙夷，或许没有，无论如何我听着不好受，她让我显得很渺小，我不该这么渺小，半直着身子坐在她狭窄的床上准备逃跑时，我的感觉就是这样。她抬起唱片上的唱针小心翼翼地把它放回那个小小的架子上，咬着嘴唇坐下看着我，眼睛里茫然而空洞，因为那一年以及之后的一年里，所有人脑海里都有那张报纸上的照片，熊熊烈焰、剧毒的烟尘、死亡的走廊，还有那个逃生的船长，逃离那艘正在燃烧的船，船上还有一百五十九名快死的乘客，就在挪威和丹麦之间的海域里。深色的海水衬着黄色的火焰，灰色的烟雾冲着蒙蒙亮的天，马勒的《第九交响曲》戛然而止。还有她，在突然沉寂下来的黑暗房间里，伸着白花花的手臂，双手空空，而我想到，死亡，死亡征服一切。死亡是我的皇后，死亡是我的归宿。

站到街上时，我完全猜不出自己置身何处。仍是夜晚，凌晨，柏油路面湿漉漉的，空气中飘着细雨，秋意，湿滑的人行道,对面的小公园里,树与树之间的地面上缀着湿黏的落叶。鸦雀无声,只有我短促的喘息声。空空的街道闪烁着,三楼窗前的街灯照进屋里,照着她,她可能躺在床上已经睡着,梦里忘了我是谁,再也不会记起,或许她站在窗帘背后注视着我,想着,他为什么要跟我回家,阿尔维·杨森到底怎么了。我也不知道到底怎么了,从胯部向下都是麻木的,我像是个被拴在沉默的房间里的男人,拴在情色与羞涩之间,已经在那儿拴了很久,出不去,想不通,触不着,不管她想要给我的是什么,我都没有能力接受。

我点了一支蓝色大师。身处的街道朝着一个未知的方向缓缓倾斜,不知南北,无论东西,但我想,只要我跟着它一直走到底,早晚会走进城,走到海边,走到峡湾。错不了。除此之外别无他念。

街道下方不远处有个电车站,于是我走过去停在那儿等。我站了好久,但一直没有电车到来。我把烟头扔到地上,火星直冒,用鞋跟把它完全踩灭后沿着电车轨道下坡。自以为前方就是奥斯陆市中心,消失一阵之后又在阿克尔河畔出现,我走上新桥,经过急诊站,继续朝我经常等车的公共汽车站走,在豪斯曼大街的最下方,离城市的洗礼教堂不远。其实我几乎回到了原点,就是我几个小时前与"马勒女子"手牵手离开的地方。

从她的公寓到这里花了我将近三刻钟。其中有那么半个小时完全消失了，我不知道在这段时间内到底发生了什么，我走了哪条路，但最后我终于到了公交车站，停下来等车。但公交车迟迟不来。太迟了，或者太早了，于是我穿过斯多尔大街，经过安克尔略卡绿地，自从公交总站出现在这里之后，那里已经十五年以上没有出现过任何绿地了。不仅如此，那时候至少通道还是开阔的，不像现在这么逼仄，污浊的宿舍楼耸立着。我在雅克布教堂跟前停下脚步。很久以前我在那里做过礼拜。那次我什么收获也没有。我坐在那里惴惴不安。

马路对面酒吧门口的人行道上躺着一个人，在正对市集大街的拐角。酒吧已经打烊，我听到那个人对着柏油路面低声地唱着歌，我得帮他到戒瘾中心，到那边的蓝十字[1]去，不然他就完了。他躺的地方糟透了，人行道上冰凉刺骨，我记得打烊的酒吧窗户里透出微弱的灯光，像一床被子从身后裹住他，走下人行道准备过马路的时候，我又消失了，直到第二天才又出现在自己床上，我的那一边，还能这么说吗？尽管图丽已经没有她的那一边了。反正在这里没有。我看着天花板，努力试着回忆起那个如今已经变成白天的夜晚到底发生了什么，从"电熨斗"开始，我在那里朗读了我的第三本书中的片段，听众挺多，

---

1 挪威蓝十字协会是为酗酒吸毒人员提供帮助的公益组织。

用了麦克风什么的一整套设备,一直到我的床上,还记不记得蓝十字和酒吧门口的男人,还记得,至少还记得那个男人,但记不得在那种情况下我究竟做了什么,是不是真的把他送进了蓝十字,还是送去了任何其他地方,还有我是怎么回家的。这些我都完全不记得了。

第十章

图丽离开一个月之后，或许更久。维迪丝和我驱车从老哈德兰路一直开到稻草湖边的一片空地。夜晚越来越阴冷。花楸树狭窄的叶子已经红了，杨树叶黄了。其实这地方不适合停车，从大路上拐下来之后，面前不过是一条稍宽的小径，满是石头和粗树根，盘根错节地冒充着减速垄，但这里很隐蔽，尽管过往的车不多，面前还有水面。我以前来过这里，一个人，来采越橘，可以倒车出去。从没见别人来过，连车辙都没见过。对岸湖面止于伸进树林的沼泽，能看到凋谢了的水莲、溪床，湖面稍宽处有两只黑色的鸭子，翅尖一点斑白，很可能是凤头潜鸭，寒流终于来袭的时候它们很快就会撤往南方的海岸，但我们这侧石岸陡峭地插入水中，干爽适宜。天已近黄昏。我们从耶夫纳克尔出发，朝东高高地翻过山丘，然后在另一侧朝鲁阿冲下陡峭的山坡，途中经过那家不知道为什么会开在这里的中餐馆，本可以停车吃饭，但我还想再开远一些，于是我们横穿鲁阿，顶多只花了两分钟，从新的哈德兰路出来又朝南开了一小段，然后直接拐进山坡上的老路，沿那些大弯道蜿蜒向上，在接近坡顶的地方经过空置的村庄，继续沿着狭窄的山路朝茂拉开。两边都有森林，但还是有某种翻山越岭的感觉，能感觉到人在高处，我们停车伸展手脚的时候，空气有一种特殊的清爽，但这也可能是秋天的原因。秋高气爽。你都好吗？我说。我很好，维迪丝说。我的腿有点痛。是的，我的也是，我说，我们的确开了很久。没错，我们开了好几个小时。

我们沿路来回走，伸伸腿弯弯腰，直着膝盖弯下腰去摸脚前的地面，我用指尖，维迪丝用双手的手掌，突然之间她就撒腿跑起来，一边跑一边喊，看谁先到那个树桩。前方不远处有一个巨大的树桩，斜斜地一直插到沟渠底部，当时树肯定是倒在了路上，我也飞奔起来，但维迪丝更快，她最近几年蹿得很高，腿也长了，一转眼的工夫，抵达树桩的时候我才赶上她，可能超过树桩几厘米的地方，也可能不到。你赢了，我喊着，同时从胳膊下方抱住她，把她举起来转圈，说实话，有点重，她长大了，但我牢牢地抱着她，把她放下来，这时她才哭了起来，我说，你害怕了吗？她摇摇头。没有，她说。我弄痛你了，我说，你痛吗？不痛，她说。那我们继续开吧，我说，离我知道的那个地方不远了。好的，爸爸，她说。她擦干眼泪，我们又坐进车里，我也不知道该说什么，是不是应该刨根问底。我选择不再追问。有时候就得忍住，闭上嘴。

得到写作基金从工厂辞职以后，我常常坐到车里，不仅是去睡觉，也是为了开车，那是图丽全天24小时离开之后。坐在方向盘后面比躺在自己床上更自在，反正这让我更平静，不管车是静止的还是我飞快地移动着，对我来说最重要的是车本身，感觉这辆马自达就一直是我一个人的，尽管图丽也用过。我们买车的时候她出的钱和我一样多，也是我们两人中先拿到驾照的那个。但她还是会半开玩笑地说，我能借你的车吗？那时候我们都住在比约尔森，两个人权利均等。她搬走之后，马自达就像理所当然似的留在了公寓楼跟前，她买了自己的车，一辆丰田，一辆几乎全新的带红色轮毂的金属蓝卡罗拉。我见都没见过这样的车，她哪儿来的钱？除了我那少之又少的儿童抚养费，她还有什么新的财源，我们俩在一起的时候她绝不会干这种事。买这样的车。但这是某种庆祝。她举起了五颜六色的旗帜。

后来姑娘们告诉我，丰田大多数时候都停在公共车库里，没人看得到红色的车毂，哪怕不能算某种安慰也很像是在安慰我。可以说她算是降了半旗。但说实话，我并没有什么可得意的。谁又能得意得起来？

秋意正浓时图丽也走了，我就不再睡到停车场的车里，并不是因为太冷，而是我觉得自己更自由了。假如我还是不得不出去睡，我就带上睡袋，或者干脆带上被子，开到更隐蔽的地方,往上开到谢尔斯沃思背后的山岭里,有时候去林德茹的通森哈根背后的山岭,我几乎是在那片森林里长大的,直到今天我还能清楚地记得大多数树木的分布,记得每一块岩壁、每一片湖和每一条溪床的位置。我停在开阔的、长着草皮的空地上,登山者消失在周日的小径和伐木道上之前会把车停在这里,但夜晚从没有车,我也没见过人。

马自达929,1979年款,还是旅行车,是挺大一辆车了。可以把后座向前放倒,与向后放倒的前座相反。我按照后备厢宽度切了块海绵橡胶床垫,贴合后轮的弧线,这样正好够两个人并排平躺,我们也真这么躺过,图丽和我,在维迪丝出生前,马自达还挺新的时候,我们躺过这么几次,但后来她就不愿意了,觉得我太啰唆。

现在床垫又出山了,迟早我也得告诉姑娘们我这个另类的习惯,某个周五早晨——并不是我带孩子的周五——维迪丝打电话来说,爸爸,今晚妈妈要带我们去特隆赫姆。坐夜车。蒂娜和图娜想去,但我不想。我能跟你一起过周末吗?我仔细想了想,说,当然可以。但这绝对是在计划之外,我还有其他约定,那段时间我还是会出去见人——那些轮到图丽带孩子的周末。那天晚上本该和奥顿一起去"土豆饼"吃晚饭,但我还是不得不取消,"不行"我说不出口。我说,要我来接你吗?好的，她说，你得来接我。现在，我说，马上。反正越快越好，维迪丝说，妈妈说我们得快点决定，她要打电话订火车票，不知道该订几张。好吧，我说。维迪丝说，或许我们可以开车旅行，然后睡在车里，像你经常干的那样，睡在后备厢里。

或许吧，我说。

她还没有自己的睡袋。我早就应该送她一个，我应该给三个长大的姑娘一人送一个的，我应该鼓励户外活动，但我没做到。我也不知道到底是为什么，但我肯定是觉得那已经都过去了，我自己的童年过去了，童年的每一天，森林里我的父亲以及那里的一切，蓝色标记的徒步路线，红色标记的雪道，每一片深深的山谷以及吹击它们的风雪。我深陷其中却从没反思过，甚至没有意识到我剥夺了姑娘们一连串的童年体验。我确实有两个睡袋，那个旧的自从夏令营之后就再也没碰过，那次我发誓以后再也不睡帐篷并说到做到了。还有一个新的，是现在说到的那个前不久买的，因为出了这档子事，想着能在车里使用最好的装备过夜。我还买了新的羊毛内衣，新的手电，已经准备好迎接寒冷黑暗的秋天。这也不能算户外活动，但不得不外出的时候可以有备无患。

我们还没到那地方。去谢腾接维迪丝的时候，天还很暖和，在车里我们都只穿着T恤。到的时候图丽站在楼梯上，但我没有过去，而是站在排屋末端停车的地方，她挥了挥手，而我只是举手打了个招呼。没什么可说的。为时尚早。感觉永远都为时尚早。

你有计划吗？爸爸，维迪丝坐进车里的时候问。这是她们常说的话，三个人都是，几乎每次周五到我这里过周末的时候都会说这句话，她们事先排练过，一坐进车里就异口同声地问，你有计划吗？爸爸！这正是她们的期望，不只是到我那里去，和我在一起，还要有一些额外的安排。是我自己不好。第一次接她们的时候车里气氛很紧张。我们都很尴尬，彼此都有点陌生，四个人都很紧张，对我们突然身处的境地几乎绝望。然而我说，放松一点姑娘们，我有个计划，这是她们熟悉的台词，因为我和图丽分手前不久我们刚在家看过《奥尔松帮》[1]，这让气氛缓和了不少，但这样每次我们从谢腾的停车场转出来的时候我就必须说这句话，就像艾贡·奥尔松在每部《奥尔松帮》电影里都必须说这句话一样，我有个计划，并且真有一个。

维迪丝心情愉快，步伐轻盈，或许不仅是因为跟我一起驱车旅行，还因为不用去特隆赫姆看望困在公寓里的曾祖父。但她也同时充满期待，全都写在了脸上。我想是的，我说。

---

[1] 挪威犯罪喜剧系列片，翻拍自同名丹麦电影。

我哪有什么计划。还没来得及制订计划,除了或许可以绕奥斯陆转一大圈,大到足够撑满24个小时并在外过一夜,我还想过可以顺时针转。假设谢腾的位置是16点方向,我们就应该先朝西开一小段弧线,经过南面,然后再向上开往20点方向,那里的桑维卡在西边离市中心的距离应该和谢腾在东边的距离差不多,然后再向北,沿着蒂里峡湾朝赫讷福斯、耶夫纳克尔开,将近午夜到哈德兰的某个地方。

计划就是去探险,我说。太好了,爸爸,维迪丝说。她很聪明。她知道这不是什么真正的计划,这是我一小时前拍脑袋想出来的,但她已经很满足了。

开了很久之后,我们在离吕萨克不远的壳牌加油站购买补给。我们在吕萨克河上跨过贝鲁姆市边境的时候,我像往常一样感到一阵不安,像是中了邪,我们得逃离这里,因为我确信边境这一侧的法律我永远无法理解,这也传染给了维迪丝,她说,或许我们应该去别的地方买东西。她对车和店之间的停车场将信将疑。没关系的,我说,还要在贝鲁姆开很久呢,没事的,维迪丝。好的,爸爸,她说。

柜台后面的女孩穿着紧身蓝毛衣,她的头发是金色的,涂着粉色口红,穿着粉色袜子和水手鞋。她很友好、很热心,微笑的方式让维迪丝感到安心。我们买了两塑料袋抹了黄油的土豆饼、桂香包、薯片、锡纸包的国王蛋糕和两瓶芬达,另外我还付钱买了一小包桦木柴,本来可以下车自己捡的。这是要开周末派对呀,柜台后面的女孩说。不是派对,维迪丝说,我们要去探险。看出来了,女孩说。

我们拎着袋子准备出门的时候,维迪丝回头说,再见。柜台后的女孩说,再见,走好,我的小姑娘。尽管她自己也不过是个小姑娘。

我们沿着高速向桑维卡挺进。路两边都很挤,霍维克兰和霍维克教堂紧挨着路的左侧,丘陵陡坡在右侧,并不是很好看的房子一堆一堆地挤在隔音护栏背后,然后是朝向峡湾的开阔地,峡湾上布满群岛,一座步行桥通到卡尔维岛。有一次在岛上的同一场音乐会上,我听到了弗兰克·扎帕[1]传奇的演奏和延斯·比约尔内博[2]的诗朗诵。他在强烈的阳光下穿着一件紫色的西服,我是说比约尔内博,那是一场宏大的体验,再也没重现过。青春不复还。

刚过贝鲁姆的白色市政厅我们就向右转,翻过山丘朝松沃

---

[1] 弗兰克·文森特·扎帕(1940—1993),美国作曲家、歌手、导演,美国20世纪60年代摇滚乐先锋人物。——编者注
[2] 延斯·比约尔内博(1920—1976),挪威小说家、剧作家、诗人,被认为是挪威最重要的战后作家。——编者注

伦开，朝北面的苹果园和森林开。

有那么少数几次我声称维迪丝是在去医院的出租车里出生的，我跪在后座上，在图丽的双腿之间捧着她。这不是真的，她是两小时以后在产房里来到这个世界的，但是在出租车开进城，继续沿路朝弗洛格纳和离吉美乐电影院不远的红十字医院开的一路上我都在这么想，仿佛真的这样发生了。画面清晰地在我眼前浮现，图丽夏天晒黑了的膝盖从大展的裙摆下抬起，一只脚直挺挺地跷在右侧的前座上，另一只抵着我背后的车窗，而我黏乎乎又血淋淋的手捧着即将出世的小脑袋，第一声轻微的尖叫，司机疑惑地瞥向身后，座位上发生了什么，他心想，清理起来会很贵，到底会有多贵，我能清楚地听见我们的对话，听到我自己鼓励的喊话，听到图丽的呻吟和哀号，我自己安慰的话音如此激烈，哪怕数年后，出租车里生孩子的画面都会第一时间浮现，也是当时唯一浮现的画面。你把自己骗得都信以为真了，图丽对我说过很多次，我并不否认她通常是对的。我相信自己说的话，尽管不总是正确的，这是好听的说法，但我没有骗人，只是记错了。

那时候我还在工厂上班，我上了五年班。我们搬离过城市一阵子，去一个新的地方见一些新的人，是那次我们在本泽大桥大吵一架之后不久的事，但我已经把它埋葬在心里，不再去想它，想搬出城的是图丽。对孩子更好，她说，这可能是真的，但森林边缘一切都还没有完工，山丘那一侧还立着大吊车，纤细、高耸、铅黄的吊车衬在背后森林浓重的阴影中，还有灰迹斑斑的橙色混凝土搅拌车，四脚支撑的木工锯床，佩着工具皮带、戴着安全帽的工人神采奕奕地穿行在大楼之间，巨大的卷线器为所有电器提供电线，我们从租赁的货车中下来的时候，地下室的浇筑模板都还没有拆，我们是首批拿到钥匙的夫妻之一。我们把仅有的几件家具搬进一楼公寓时，楼房山墙上还支着脚手架。记得山坡上陡峭绵长的小路以及山顶的急弯。第一次上山我就已经确信车轮会失去抓地力停下来往下溜，就是那么陡。但从没真发生过，哪怕是冬天，我的车不会，但很多别人的车会，我知道总有一天我会恨这个坡。两年之后我就受够了，图丽受得了，但我受不了，于是我们又搬进城。回到比约尔森，多多少少出于巧合，回到了同一个大院里。这我并不反对。

但那天阿尔纳奔跑着冲进车间。空气中是 100 分贝的噪声，除了机器的轰鸣什么都听不见，但他夸张地挥舞着手，我知道他要找的是我，于是我朝阿尔纳跑去。他进门站在门口，在隆隆运转着的三号机跟前，他喊着说是图丽打来的电话，你老婆，他喊道，听上去很严重，他伸长手臂，手心向上，我绕过他跑到楼梯间，电话固定在那里的墙上，套着一个隔音的塑料小隔间,下面有个架子,架子上搁着电话听筒。我拿起话筒,呼吸憋在喉咙口,问,图丽,出什么事了?虽然我完全清楚出了什么事。

她以为自己尿床了,但其实是羊水破了。我们没有电话,山丘上也没有公用电话亭,只有电话线从山坡上的混凝土板下钻出来,可以从我们的阳台上看见,我们不认识任何人,大家都只是见面打个招呼,于是她穿上衣服,谨慎地走下楼梯,进地下车库,那里停着我们的第一辆马自达,然后开下那条长长的可恨的小山路,到下一个年代更久一些住宅区,离高楼和合作社不远处有一个电话亭。她就在那个电话亭里给工厂打电话。我说,天啊,你千万别动,图丽,我来了。说完放下话筒跑回车间找阿尔纳,大喊,你开车送我,行不行?因为早班的话我都是坐公交车的,方便得多,毕竟公交车站距离我家只有几步之遥。上夜班就比较麻烦。不用说,阿尔纳愿意送我,这样他就能从喧闹中脱身片刻,领班说可以,紧急情况紧急处理。

我们到的时候她还站在电话亭里,一只手掌大张着撑着玻璃墙,另一只手握着话筒,双脚远远地叉开,像印度洋风暴中的水手勇士。我心想,她真是无所畏惧。

我不想自己开车进城让待产的图丽一个人坐在后座上,但幸好有唯一一辆出租车停在高楼边,这样阿尔纳就可以回去上班了。我还是得回去，他说。图丽和我坐进车里，向西进城这长长的一路上，我都非常确信宝宝会在我们到医院前这段很长的时间内出生。我在哪儿读到过，这是常有的事，特别是在出租车里，但没有发生在我身上。维迪丝是在产房出生的，我也在产房里支援，每次图丽坚持说他们让我离开产房的时候我都极力坚持要留下来。

我还是照他们说的出来了，先到走廊里，又去了屋顶平台，点了一支烟。才抽了一口我就晕了，但我们从未像那天那样彼此接近。图丽和我。还有维迪丝。

我们默默地坐在车里望着湖面。风平浪静，波澜不惊。然后维迪丝下了车，我也下车打开左侧的后门，按下窗边最外侧的按钮放倒一个座位。维迪丝看着我的动作，也按下她那侧的按钮放倒另一个座位。然后我绕到车背后，打开后盖，取出我用一根绳子捆好的床垫，绳子打着活结，很容易解开，就像解鞋带那样。我铺开床垫，来回推移直到它完美地撑满后备厢。就这样，我说。接着我拿出一个睡袋，展开，维迪丝展开另一个，我们几乎是同步的，还挺酷。

我用石头围了个圈开始搭篝火，用我买的那一小袋桦木柴，还派维迪丝去树林里再捡一些小树枝和木蹄菌来，她很快就回来了，用《每日新闻》的文化版助燃就够点燃篝火了。很快火势就旺了起来，生起篝火不久后天就黑了，火焰透过车前灯反射回来，把金黄洒在湖面上，黑影落在湖对岸，寂静地后退着，于是就只有篝火旁我们两人的脸上映着火光，就像置身于伦布朗的画中。

壳牌塑料袋里的东西都吃得差不多了，芬达也喝完了，我们还唱了几首披头士的歌，看看是不是适合作为篝火营地的营曲，只要唱慢一点完全没问题。让我感到奇怪的是，那些歌词她居然记得那么清楚，但她唱错的几个地方提醒我她其实根本不知道自己在唱什么。

终于到晚上了，哪怕对我来说还不算晚，对维迪丝来说已经很晚了。我帮她钻进那个新睡袋，说了晚安明天见，她也回了同样的话。坐了那么久的车，加上篝火的温暖，她已经筋疲力尽。我把后面两扇窗都摇了下来，天还不算冷，如果她想的话还能看见我和篝火，整个过程我一直觉得她有什么话想对我说，但她什么都没说。或许开口很难，或许她是害羞，但我也做不了什么。我不能刨根问底。

我坐着，看着小篝火慢慢燃尽，水面上的火光渐渐消散。我点上一支烟。坐在这儿其实挺不错。很高兴我们来了，很高兴维迪丝给我打电话。

半个小时之后，我一个人用芬达瓶取了水浇到篝火上，直到它奄奄熄灭。

我像往常一样难以入睡，但这次我不能出门上车，因为我已经在车里了。慢慢地，我还是觉得身体松散沉重起来，可能是空气的原因，充满了林床、杉木，还有开阔的湖水的味道，一种我能放任自己置身其中的感觉，就像一张摇曳的网，任我跌倒的同时又在睡眠深处接住我，以防我沉入潮湿的灰暗。就在这时我突然听见维迪丝大声说，我觉得妈妈后悔了。就这样我又回来了。从网上站了起来，从摇曳中站了起来，一片漆黑，无论我朝哪里张望，什么也看不见。我以为她早就睡着了。我能说什么呢？最后我说，这我不太确定。晚上她会哭，维迪丝说。她会吗？我说。会，她会的，维迪丝说。我也会，会哭，我想说，但我不能这么说。好吧，我说。我不知道为什么我会感到吃惊，我以为她和那些五颜六色的朋友在一起会觉得很自由很快乐，充满新的能量。其实我没怎么敢想。听你这么一说我很难过，我说。我以为妈妈很快乐。她一点都不快乐，维迪丝说。好吧，我说，但这也并不表示她后悔了。我完全不相信她会后悔。我知道的你都不知道，维迪丝说。知道的是我。她可能只是很难过，我说，每个人都会觉得难过，当他们感到孤单的时候。她有我们，维迪丝说。她说的是她自己，还有妹妹们，不包括我，这时我差点儿就要说，是的，她有，而我没有。但这也是我不能说的。她后悔了，她就是后悔了，维迪丝说，我知道的。她的声音高了一个八度，她快要哭出来了，然后她哭了出来，我心想，我们是不是为此到这里来的，她想说的是不是这个，我得劝劝她。她后悔了，她后悔了，维迪丝一边喊着一边拍打着车窗，用尽全力又拍了一下，手一定会很疼，但她不肯停下来。我靠过去，搁着睡袋抱住她，牢牢地抱紧她，我说，维迪丝，别砸了。她还想砸，挣扎起来，但我不放开她，深呼吸，维迪丝，我说，越深越好，屏住呼吸直到出现奇怪的感觉，然后再呼出来。照我说的做，我说。她照做了，屏住呼吸直到我知道她出现了奇怪的感觉，然后再呼出来，她平静了一点。我说，我现在能松手了吗，维迪丝？她又深深吸了口气说，好的，爸爸，你松手吧。于是我松开手说，或许你是对的，我不知道。但我知道，维迪丝说。很好，我说，或许是的。但图丽不是因为这个哭的，我敢肯定。我不知道她为什么会哭，也不想知道，但肯定不是为了这个。维迪丝突然完全平静下来，她说，我现在得睡觉了，爸爸，已经半夜了。我笑了，虽然没人看得见，我自己也看不见，哪怕给我一面镜子。睡吧，维迪丝，我说，我们明天见。

我醒来的时候天还是灰蒙蒙的。我反常地又躺了一会儿。半夜发生的事我记得很清楚，但感觉是那么遥远，现在看起来几乎是透明的，已经变得无足轻重。想起来的时候我也不难受，也不觉得尴尬。夜晚很黑，一切都显得很戏剧化，现在不这样了。但我不知道维迪丝会有什么感觉，现在天亮了，她也说出了她想说的话。她还在睡，长发散在脑袋周围。

车后盖是关着的，无法从里面打开，我打开我这一侧紧挨着头的车后门，爬出睡袋，手先着地爬出车门，然后只穿着内裤膝盖跪在草地上，站起身，从前座取过衣服来，在清澈的空气中穿上，走进树林去放水。我父亲总是这么说，记得我觉得这很丢人，但不记得是为什么，可能是因为别人都不这么说。在我眼里，他不应该做错事或者说错话，直到我开始觉得他很蠢。在他去世以后，这么想其实很糟糕。我没有给他太多机会。

这里不远处，两个新纳粹曾处决过另外两个新纳粹，先是在后颈开了一枪，然后用机枪把他们打成了筛子。不是出于政治原因，而是为了钱。那是十年前的事，我站在那儿望着丛生的树木时想了起来，还记得那事过后很长一段时间我都觉得看这条路很别扭，但现在什么感觉都没有了。

我下到湖边去洗手。水面静如明镜，空气白如牛奶，晨雾低低地落在对岸，看不到沼泽，也看不到森林的边缘，但鸭子还在昨天的地方，若隐若现。有一点冷清，于是我上去拿一直带在车里的毛毯，轻轻合上门，回去坐到正对湖面的岸边，展开毛毯披在肩膀上，点上一支烟。有时候什么都不想很容易，有时候念头成群结队涌来。现在很容易。于是我什么都不想。

我掐灭烟头扔进水里，听到关车门的声音，我转过身，看到维迪丝从车那边经过篝火堆走过来，她的出现就像一台心脏起搏器。

　　她一直走下来坐到我身边的石头上，我提起毯子裹住我们两人的肩膀。睡得好吗？我说。她说，我做了好多梦。我醒过一次，很难过。我不记得为什么了，然后又睡着了。现在好些了吗？我说。好些了，她说，现在没事了。我们要吃点早饭吗？我说。我们还有什么可吃的，她说。国王蛋糕，我说。维迪丝笑了。这可不能告诉妈妈，她说。不能说，你疯了呀，我说。

第十一章

然后就到了十一月，月初，务实、理性的蒂娜问我，爸爸，不和我们在一起的时候你平时都干些什么呀？

想到我每两周才和她们一起过两天半，这可是个有难度的问题，完全不可能给出任何有意义的回答。她明知道我的工作是写作，所以她肯定不是问这个。但又不能告诉她，告诉维迪丝和图娜，我在奥斯陆市中心度过的那些夜晚，于是我说，我会开车去瑞典，去一个叫阿尔维卡的城市。你每天都会开车去？不呀，我说，不是每天，还挺远的，但还挺常去的。然后维迪丝接过话茬说，你去阿尔维卡干什么呀？我去看书，我说。她说，是吗？但你可以在家看书呀，你可以坐在沙发上看。不行，我说，我看不了。你看不了吗？她说。我说，不行，我看不了。然后她就不知道该说什么了。她觉得我变了，跟几周前在哈德兰稻草湖畔的我或是之前我们住在一起时的我已经判若两人，那时的我随时随地都能看书，不管周围多嘈杂。我能从她的眼神中看出来，她变得更谨慎了，这让我很悲伤。但她还是说，我们能跟你一起去一次吗？或许明天就去。那天是周五，半夜里气温已达零下，但还没有下雪，我们刚走上比约尔森公寓的楼梯，她们的背包还沉重地躺在过道里，就像是为了去西班牙的阳光海岸度假一周而准备的包，或是去希腊的小岛，可能是罗德岛，但她们只是要来我家过两天，希望是美好的两天。现在我们四个一起坐在厨房桌旁吃煎饼，是永达尔太太按照小时候长大的地方的方法做的，她不是在这里长大的，在西面，泰勒马克某处。她把它们放在一个合作社的袋子里，前一天晚上挂在我的门把手上，这样第二天姑娘们放学来我这里的时候好有东西招待她们。她总是朝我这儿睁着半只眼，希望我过得好。这我永远不会忘怀。

其实我有别的计划。去瑞典的话我总是一个人。如果我和别人一起去就没法看书了。但我必须看书。不然我就完了。我搭了个吹口气就会倒的建筑。我带人去阿尔维卡干什么？是不是要给姑娘们看城市甜品屋里我常坐的那张老桌子？下次我再去的时候这张桌子对我来说会变成什么样子？我会有什么感觉？是不是要带她们去国营酒庄，给她们看精选的卡尔瓦多斯酒，给她们看她们读不懂的瑞典语书，去山毛榉书店，给她们看斯特林堡的书、亚尔马·伯格曼的书，给她们看埃温德·雍松[1]厚重

---

[1] 埃温德·雍松（1900—1976），瑞典作家，1974年与哈里·埃德蒙·马丁松共同获得诺贝尔文学奖。代表作即后文提到的《乌鲁夫的小说》。——编者注

的简装版《乌鲁夫的小说》,或许给她们讲述一下里面的情节,然后给她们看看我从来不会买的基督教书籍?毫无意义。在那儿我没有任何东西可以与她们分享。你们当然可以去,我说。

我们坐在车里。还有多久可以到阿尔维卡?图娜问。她已经开始抱怨了。她希望一切都能飞快实现,总是没过多久就开始觉得无聊,不管我们做什么。还有十四英里才到阿尔维卡,都是难走的森林小路。还是周六早晨。我们已经开了半个小时,很快就要到业勒沃森了,斯托夫纳已经在我们身后,还有韦斯特里。

我们很早就出门上车了,维迪丝突然觉得很累,我叫醒她的时候她很不情愿,先是不知道自己在哪里,然后说了一些如果我是她母亲肯定很容易被刺痛的话,我提醒她我不是她母亲。或许这有一点帮助。蒂娜和图娜倒是一睁开眼就飞快地跳了起来。于是我们就出发了。

我们不去阿尔维卡,我说。

车里安静下来。我们不去了吗?维迪丝说。她就坐在我身后。她的声音非常清晰。不去,我说。但你答应过的,她说。我知道,我说。我知道我答应过,但是行不通。对不起。我们去另一个地方,我知道一个好地方。后座又安静下来。然后维迪丝说,我知道我们为什么不去阿尔维卡。蒂娜和图娜什么都没说。她是怎么知道的，我心想，她只有十二岁。我们不去阿尔维卡是因为你不想让我们看到。你不想让我们看到你看书的地方。你觉得这很愚蠢。你只想一个人待在那里。你不想与任何人分享。妈妈肯定也没有去过那里。这倒是说对了。图丽在的时候我从来不去那儿。你说得对，我说。蒂娜什么都没有说，图娜也什么都没有说。她们不理解对话的内容。你是我爸爸，维迪丝说。是的，我说，我是你爸爸。但你却不想让我看到你看书的地方。她没有说我们，她说我。一击命中。我等了一小会儿。然后说，是的，差不多就是这样，我很难过，但这也没办法。

开上业勒沃森之后，我开始焦虑起来。我没有直走，而是左拐，道路一直向下经过摩尔腾小馆通向海勒吕草原，但我接着往北开，穿过尼特达尔、哈卡达尔，在那儿能看到格利特肺病疗养院悬在山谷另一侧的山丘上，面向东，背后是高处的森林，像一座中式堡垒、希腊僧侣院或是阿尔卑斯山脉的发电站。我们继续向前开到斯坠肯，那里河水全速涌下鹅卵石，水沫在左侧的道路上喷涌到空中，英语称作"疾速"，是个很贴切的词，挪威语叫作"湍涌"，也很贴切，地名就是这么起的，可想而知，然后山谷在最高处合并成一道山口，哪怕比不上开伯尔山口，也是要去到另一边的必经之门，就像通到了另一个国家。但事实并非如此，这里不是阿富汗，这里是哈勒斯顿。

后座很安静，自从业勒沃森之后就是这样。我试着时不时点评一下窗外飞速经过的风景，赋予它们一点观赏价值，至少我觉得它们有，养老院，激越的河流，但没人作出反应。维迪丝完全陷入沉默。我转头看看她，把她找出来，或许可以把她从眼睛大大的姐妹们中吸引出来，但她面无表情，双眼无神。她是从那时候开始的吗？前所未有的感觉。说实话我有些生气，觉得这很不公平。我很少生她们的气，从来不吼她们，基本上也没有理由这么做，哪怕三个同时给我施压，逼得我惊慌失措，也不会大声训斥，这一点她们肯定很信任我，不然她们肯定会很拘谨。大多数情况下我会让步，投降，向东拐，就算穿过森林去瑞典，把我脆弱的纸牌屋吹得灰飞烟灭也要博她们开心，但这次我做不到，我不想这样。够了，我说，好吧，那我们回家了，我懒得开了。我用着从来没有当着姑娘们的面使用的口气。我也不知道自己是中了什么邪。我急转进入一个公交停靠站，几乎撞上了最里面的候车亭，然后同样迅疾地把方向盘向左打，划过一个凄厉的 U 型，掉头开上南向的车道，比我想象的要激烈，听上去也很激烈，这时一辆车从我们身后的岔路转出来，另一辆车从对面方向的岔路转出来，我慌了，其实一点都不危险，距离很远，我只要沿着现在的方向加速就可以了，但我害怕了起来，用力掰了方向盘，载着我们四个人的车在路肩的砾石路面上滑行了一段时间之后物理法则带着我们进了地沟，地沟不深也不浅，咚的一声，听上去挺可怕，我们朝前一晃，在座位上斜了过来，每个人几乎挂在了安全带上。蒂娜和图娜马上哭了出来，但维迪丝一声不吭。维迪丝，我说，你们后面都好吗？但她没有回答。操，我心想，现在她怎么说都应该站在我这边，帮我哄住那两个小的，于是我转过身，看到她闭着眼睛挂在中间，只有胯上的安全带绑着她。她肯定是额头撞到了前座昏过去了。维迪丝，我大声说，你还好吗？但她没有反应，没有睁眼，我听到有一辆车停了下来，又停了一辆，一扇车门砰然关上。我说，维迪丝，你能听见我说话吗？突然，她睁眼瞪着我，我要去学校，爸爸，她说，我迟到了。维迪丝，我说，今天是周六。不对，她说。是的，没错的，我说，今天是周六。她的脑袋又开始下沉。看着我，维迪丝，我说。但她的脑袋还在下沉。我说，维迪丝，照我说的做。这时她抬起头看着我。今天是周六，我说。好的，爸爸，她说。她用手撑着前座直起身子，向两侧看了看低声抽泣的妹妹们。我们撞车了吗，爸爸？她说。是的，我说，我们撞了一点，不是很危险，我来了。我解开安全带，将将抵住方向盘，猛地推开门，挺轻松，因为有人同时在外面拉了一把，我膝盖着地钻了出来，那个人说，我全都看见了，这样开车很不负责任，你明白吗？你不能带着孩子这么开车。我说，我知道，我是个傻瓜。是的，那个人说。帮我把孩子拉出来吧，我说。我们几乎是爬着一人一边打开车门，帮姑娘们解开各自的安全带，然后带她们爬上那段小坡，爬到路肩上，另一个人站在那里等。没事吧?他有些激动地问。没事,我说。闭嘴吧,我在心里说。大家都上来以后,我想,还不算太糟糕,但还得喊拖车,我觉得车应该没大问题,除了傻乎乎地凹了一块,反正我希望没问题,姑娘们也没事,维迪丝当然得送医院,那是肯定的,她都昏过去了,我得给法尔克[1]打电话,我说,我是法尔克的会员。路的另一边有座房子,他们肯定有电话,我说完指了指房子,房子是黄色的,完全谈不上漂亮,我开始朝那儿走,但这时蒂娜说,别离开我们,爸爸。我停下来转过身说,我不会离开你们的,我只是要打电话喊一辆车来把我们的车从地沟里拖出来。我又开始走,没走出几步就听维迪丝说,爸爸,不要走。"走"字说得很用力,几乎是命令的口气,这就有点为难了。我理解她们,她们看上去很冷,害怕又孤单。我去吧,第二个人说,我去打电话。我看看他,他有一些地方让我很不喜欢,鬼鬼祟祟的,我心想,所以我没有回答,然后第一个人说话了,还是我去打电话吧,说走他就走了,飞快地过马路朝房子走去,我说,谢谢,谢谢你,对着他的背影。我更喜欢他。第二个人走回自己的车,他想要救人,他想自己的照片能上报纸,要是有人来拍照的话,马自达在沟里,他站在姑娘们前面:救助者。但现在他是多余的了,他气鼓鼓地坐进自己的车,拐到路上朝南,朝尼特达尔和奥斯陆方向开去。

---

[1] 北欧急救服务公司。

第一个人从黄房子那边过马路回来。他们在路上了，他说，拖车在鲁阿，不会花太长时间。我知道，我说，这里离鲁阿不远。我认路，这条路开过很多趟了，最近的一次是不久前和维迪丝一起，鲁阿有一家中餐馆，但也就没什么别的了。你想让我留在这儿和你们一起等吗？那人说。如果你想的话，我可以。这话很友好。他比我年长十岁，可能十五岁，甚至更多。他穿着一件挺括的风衣，风衣下面是巧克力色的西服，领带是标准的米黄色。亮眼的同时又很收敛。好看的西裤的左侧膝盖上多了一块污迹，他看到我看见了，所以尽可能地想把它抹掉，最后几乎看不出污迹了。他觉得我是个傻瓜，这可以理解，他说那话也不是因为我，而是为了姑娘们，他看到了什么，在维迪丝身上，在她脸上，我也看到了，但她自己还不清楚，她还太小。我本应说，谢谢你的好意，我们可以自己等法尔克的车来，但我没有这么说，我说，谢谢，那样就太好了。这是实话，我突然觉得很累，很孤独。再多一个成年人在这里会缓解很多。或许我们中只有一个成年人，那样的话肯定不是我，但这样对姑娘们更好，她们会觉得更安全，肯定会，如果他能再待一会儿的话，只要我也在。如果不太麻烦你的话，我说。不麻烦，他说，我要去约维克开会，但时间很充裕。特隆德·桑德，他说着向我伸出手。我握住他的手说，阿尔维·杨森。作家，特隆德·桑德说。是我，我说，时不时作一作，心想，他懂什么。他笑了，他知道我在想什么，他说，我最喜欢的当然是狄更斯，但我也看你的书。我说,那很难比得过狄更斯了。比不过,他说,但也没必要比。我让话茬悬在空中,朝姑娘们挥挥手。这些是我的女儿,我说,图娜、蒂娜和维迪丝,几乎是在炫耀,特隆德·桑德朝她们转过身,有些僵硬地前倾过去,剧院里或电影里的大人物或许会这样做,生活中不会,气氛非常严肃,他一个挨一个地握了她们的手并礼貌地鞠了躬,说,你好,图娜。你好,蒂娜。你好,维迪丝。每次都还要说出自己的名字,每次他还会说,不会有事的,这样一来姑娘们也不得不鞠躬,我之前从没见过她们这个样子,蒂娜甚至行了个屈膝礼,她在电影里看到过,我还清楚地记得是哪部电影,但气氛确实是缓和了,维迪丝甚至微笑了起来,我心想,让她笑的为什么不是我。

然后法尔克的车就来了。司机从驾驶室里爬下来问好,但没有握手,除了"你好"什么都没说。他往路中间放了两个路锥,一个在南向道上,一个在北向道上,就这样把道路封了,两边马上排起了车队,然后他把救援车倒到地沟边,垂直道路,滑下砾石坡,把带钩子的铁索固定到马自达的拖钩上,开动绞盘,毫不费力地把车拖了出来,只花了三分钟。坐进去看看能不能发动起来,法尔克的人说。我坐进车里转动点火器的钥匙,一下就点着了,跟往常一样。

我得签张表,他说,你得尽快把这块挡板给换了,我说我会的。不然它就要掉下来了，他说。然后他拾起路锥扔回车里，这次行的是脱帽礼，之后就走了。没什么更多的情节。我其实还指望更刺激一些。

那我得再说声谢谢，我说，谢谢帮忙，并向特隆德·桑德伸出手，他握住我的手说，不总是那么容易的，我自己也有女儿，她们现在都长大了。总而言之，祝你好运吧。还有，小心开车，这我不需要再告诉你了吧。不需要了，我说。

我小心地开车，几乎开得太慢，经过漫长的路翻过业勒沃森到奥斯陆，朝辛森立交开。有几段路我们后面的车排起了长队，好多人都忍不住摁喇叭，但我还是开得很稳，一路车速一直控制在六十迈以下，下到环岛，转了个整圆，向上开到阿克尔医院，拐弯进去。他们这里其实没有急诊室，但他们还是帮了我。他们确定维迪丝很好很健康，或许有轻微的脑震荡，告诉我得让她保持清醒几个小时。这一点你应该能做到吧，他们说。他们说话的口气让我很不喜欢，有些鄙夷，但我不可能还嘴，于是我就把它抛之脑后并回答，行呀，没问题，我能做到。

然后我们又开上特隆赫姆大道，在岔路口左拐。没人说话。唯一听到的声音是那个脱落的挡泥板轻微地蹭刮一侧前轮的声音，但我们假装什么也没听见，只要声音不恶化，我也不打算停车处理。到桑达克的时候它掉了下来，掉到地上的时候我们听到车轮下面一声锐响，图娜又哭了起来，蒂娜也哭了起来，维迪丝没有哭。反正不足以让我下车检查。

第十二章

接下来的一个月，维迪丝晕倒过两次，一次是在我家看电视的时候，只晕了一小会儿就醒了过来；另一次是在图丽家，吃晚饭的时候。她父母正好来做客，他们匆匆忙忙去了急诊，但没有查出任何原因。图丽打来电话，我说在我这里也发生过，图丽说，是吗？你没有告诉我。我没有吗？我说。没有，你没有提，她说。反正维迪丝要去宇勒沃医院做彻底检查。很好，我说。

图丽从来没有告诉我宇勒沃医院到底查出了什么或者没查出什么，我也没再问，也不知道为什么，维迪丝再也没有晕倒，在我家没有，据我所知在图丽家也没有。但我一直留意着，可能会复发。

姑娘们不可能告诉图丽车掉进沟里的事，因为她从没有提起过，不然的话她铁定是会提的，这样一来，我也就没有提，我这么做肯定很愚蠢，然后就是维迪丝在圣诞过后打来的电话，不管是因为什么她们不愿意再来，我都很受伤，整个一月我都做不到和她们中的任何人说话。感觉就像某种紧张的状况。电话响了我也不接。我知道其中几次应该是她们打来的，尽管如此我还是不接。不知道她们是怎么想的，但图丽肯定一直觉得我是因为漠不关心。一天下午，我碰巧在教堂大街上遇到了她，她正下班回家，看上去不错，可我觉得很不爽。她笑笑说，我能理解，阿尔维，你现在想要保持距离，我完全没问题，这我毫不怀疑，但我并不想保持距离，我只是很难过。

后来我才知道，蒂娜投了反对票，但她不想一个人来，于是她退缩了，在第二次投票时服从了多数。

第十三章

几周后我又遇到了马勒女子，这次不是在"电熨斗"，而是在挪扎克咖啡馆。我经常来挪扎克咖啡馆，尽管这里的砖墙之间总让我觉得有些阴冷。白天这里是艺术学院的餐厅，晚上是咖啡馆酒吧。对我来说主要是酒吧，我不记得在那里吃过饭。那里也用作文学之夜的会场。我在那里朗读过一两次，但那天晚上并不是其中一次，喇叭里传出的是音乐，而不是文学，各种音乐，肯定是有什么特别的活动。

其实我并没有"遇到"她，我只是"看到"了她站在吧台前，她也看到了我。我们没有交换眼神，但她还是一眼看穿了我，直接看穿了我的眼睛，中途没有在角膜、晶状体或视网膜上做任何停留，就像经过空无一物的通道，她的眼神直击我脑后壁，那儿肯定也被击穿了。她肯定是练习过。

相反，我找了个弗洛格纳的女子聊起来，不是瑟吕姆的弗洛格纳，而是奥斯陆的弗洛格纳。她可能比我年长一点，住在比格岛大道上吉美乐电影院和挪鲁姆酒店之间。地址很提神[1]。我从没去过那一片,除了红十字医院,但她是在那片长大的。她说说她,我说说我。怀特维特,她说,是在挪威吗?在芬兰,我说,紧挨着苏联边境。她根本没在听,我对芬兰一无所知,但她没作任何点评。我们在那儿待了一会儿,喝了酒,然后他们大声放起了贝多芬唯一的一首小提琴协奏曲,我们跟着第三乐章哼了起来,屋里会唱的人肯定挺多,这里算是艺术家的咖啡馆,但唱出声的只有她和我,指挥着无形的交响乐团。她能把整个协奏曲背下来。我也能。我还能背出鲍勃·迪伦的所有歌词,我觉得她做不到。但那天晚上是贝多芬,我自愿跟着她回了家,上楼进了她那有七个房间的公寓。过去不远,我们冒雨走出挪扎克咖啡馆的时候她说。但对我来说路挺远,我迷失了方向,我在七个房间中的其中一间为她付出的还不够,她要更多、更多,但她什么回报都没有。这很让人困惑,我觉得自己遭到了拒绝和利用,哑口无言而孤独,她一睡着我就起身离开了弗洛格纳,跟我来时一样清冷,但酒已醒,我坐在夜间记费昂贵的出租车后座上,但凡司机业余一点问我该朝哪个方向开,我都答不上来。但他认路,经过马尤氏顿、宇勒沃,到萨格讷,然后继续到德利律师广场,为纪念合作社创始人而设立的石碑打着高光屹立在环岛的另一侧,在潮湿的夜里闪烁。

---

1 因为该区域为奥斯陆富人区,豪宅林立,所以作者戏说"提神"。

我再也没去过弗洛格纳,也没有去的必要。反正算是渐入佳境了,我惊讶于让女人那么容易地带我回她们家,轻易就能和她们走得很近,在很短的时间内,最多两个小时。不明白我身上有什么让她们感兴趣的地方,除了我新染上的死乞白赖,她们还看到了什么?但过去的经验证实我总有桃花运,如果这算桃花运的话,很可能跟我关系不大,而是她们,为什么一开始她们会在我出现的地方出现,比如出席同一个活动,后来又在同一个酒吧出现,套路我都看得出来。我能看到她们。或许是因为我不太擅长闲聊。闲聊让我焦虑,所以我上去找她们时,跟以前的我不同,我总是直截了当。我会说,你一生中发生的最美好的事是什么、最糟糕的是什么、青春期是不是很忧郁、你一个人吗、你父亲酗酒吗、你相信上帝吗、你小时候害怕上帝吗、你真的相信所有人都是在你之前破处的吗……敢问出这样的问题让我自己都很吃惊,大多数人都深信班里的其他所有人都早在她们之前就破处了,这让她们产生了某种内在的对未来的焦虑,这让一切变得更糟糕。意外的是,很多人都相信上帝,有些人说,或许吧。我或许相信。很少有人说,这和你没有关系。我会说,你说得有道理,我很抱歉。然后准备走人。这样的话她们还是会说出来。极少有人只想说些闲言碎语,但我做不到,这让我变得很讨厌,所以我就说声对不起然后换桌,那样的话很可能没过多久她们就又凑过来说,我青春期可忧郁了,没人要我,当时我好丑。我会说,那你可是女大十八变了。

这话总是能引起骚动，尽管我不一定是为了调情才这么说的，而是因为这显然是事实，如果她们当时真的那么丑的话。谁不是呢。其中一个人说，酗酒的是我母亲，不是父亲。他已经尽力了，我很感激他。跟我的情况一样，我说，但这完全是假话。我父亲不喝酒，这是真的，他健身、练拳击、滑雪，每周日在森林里跑步，我母亲也不酗酒，我觉得不能算，她只是在适当的场合喜欢喝酒。我也是。在适当的场合。这种场合经常发生，比如我说到她的那些夜晚，在奥斯陆市中心、圣乌拉夫广场、议会大街、托尔布大街或是古伦纳略卡的酒吧里，没错，甚至是那年之前我除了离吉美乐电影院不远的医院从未去过的弗洛格纳城区里。电影院里放的通常是意大利或法国电影，我喜欢这个想法，并不是所有情节都必须发生在贝可斯的西部、曼哈顿或约克郡那一片，也可以是罗马喷泉、马赛或是巴黎。但我从来没敢进去。简直就像进剧院。

问我小时候是不是害怕上帝？那个女人说完死死地盯着我的眼睛，让我不得不垂下视线。我们在圣乌拉夫广场上的一座酒吧里。她盘着头发，喝着玉泉柠檬水调的双份金酒，每个杯子里放着四块冰块，这是我见到的第三杯，很可能还喝了更多，因为我到的时候她已经在那里了。当时她站在一个坐满了人的桌边，身体前倾，手指夹着点燃的香烟并高举着手，另一只手端着杯子，与靠窗座位上的年轻男子相谈正酣，他比她年轻，肯定年轻不止十岁。他很漂亮，礼貌地微笑，但其实什么都没说。桌边没有别人说话，只有她在说。我进来的时候，她转身看着我走到吧台前点我的第一杯酒。她直起身子，刻意向那桌四个人鞠了个躬，还算平稳地走过那段很短的距离来到我身边，我跟她年纪相当。你好，她说。你好，我说。我认识你吗？她说。我不知道，你认识我吗？我觉得肯定认识，她说。你记得比约尔森吗？我住在比约尔森，我说。哎呀，她说，你还住在那儿呀。我们搬到郊区过，我说，但我受不了住在城外，离奥斯陆那么远，住了两年我们又搬回来了。想搬回来的是我，不是她。她现在过得更好吧，金酒女子说。你或许可以这么说，我说，她又搬出去了，把我的女儿们也带走了。全部三个女儿。你好可怜，那个女人在吧台边说。是的，我好可怜，我说着笑了起来。我们干了杯，现在我记起她来，但她改变很大，不是朝好的方向，有人会这么说，我算同意他们的说法，但我不会这么说。我觉得她很吸引人。但十年前她并不是这样。另外，她很不快乐，让人很难平静地站在她身边。他人的不快乐也会使人焦虑，或许主要是因为不能帮到他们。如果你想帮他们的话，最好还是逃之夭夭。我完全猜不出她不快乐的原因，但还是跟她回了萨尔大街坡上一居室的家，在卡尔·伯纳广场，离我终于从童年时的家中搬出来后自己住过的那套房子只有几步路，那是将近二十年前。她醉得挺厉害，但她知道怀特维特在哪儿，她在那儿有朋友，她说。然后她又说，来吧，阿尔维，过来，说着把我从楼梯间拉过门槛并穿过门厅。我还挺好说话的,我心想,不管怎么说我做得没错,想要的是她,非常想要,我只是给她她想要的,但当我穿着衣服站在床脚,看着她脸压着枕头,一条手臂自我保护似的遮在脑后,让我感觉更像是我不请自来,门都不敲就闯进了别人家,就因为他们忘了锁门。

我当然很害怕,之前她说。我父亲有一本厚厚的《圣经》,每周六晚他都会读给我听,而不是让我听儿童电台里的广播剧,你记得吗?《黎明中的金龟子》什么的。别的孩子都在听那个。我肯定已经过了年龄,我说,但我知道你说的是哪部,玛丽亚·格里佩[1],是不是?是的,没错,她说,反正我就得坐在他的怀里看书里的图片,他并不是什么变态,但他非要我看那些插画,是一个著名画家画的,叫古斯塔夫什么的。或许是古斯塔夫·多雷[2],我说。完全正确,她说。有一张画我记得很清楚,画下面写着"撒玛利亚的狮子"。你知道吗?它们吃人,在画里它们吃人。他非让我看。四处都是高墙,人类无处可逃,狮子抓住他们,吃了他们。是上帝派来的狮子,作为惩罚。我总是梦见我在高墙里,和那些狮子在一起。它们吃我。因为那是上帝的意愿。

---

[1] 玛丽亚·格里佩,1923—2007,瑞典著名儿童文学大师,安徒生金奖获得者。主要作品为埃尔维斯系列。——编者注
[2] 古斯塔夫·多雷,1832—1883,法国著名版画家、雕刻家和插图作家。以为拉伯雷的小说作的插图闻名。——编者注

第十四章

我在别克伦上了电车。街上有积雪。图丽离开后的第一个圣诞夜。我要去前丈母娘家和她还有姑娘们一起庆祝，在斯卓门站尾端的那栋住宅楼里，离谢腾不远。我不得不答应，因为姑娘们想让我去。维迪丝特地给我打了电话，那样我就不得不假装一切正常，我的生活已经上了轨道，图丽的哥哥来了，她的妹妹也来了，还有她的小姨带着新老公来了。我对此并无期待。

我去古伦纳略卡给维迪丝买了一副滑雪板。这是我第二次买滑雪板给她作圣诞礼物。上一副还躺在地下室的储藏间里，雪板和雪杖用两根红蓝相间的橡胶带绑在一起，跟我现在手里拿的这副没什么两样，但上一副从没从储藏间里拿出来过。现在它们太小了。她不会滑雪。她们都不会。我总是责怪1980年代糟糕的冬季，是挺糟糕，但没有那么糟糕，事实上是我的原因。我自己也没碰过雪板，自从1975年搬离卡尔·博尔纳广场住到比约森之后就没碰过。图丽极其不擅长滑雪。我自以为姑娘们会在幼儿园和学校里学会，但她们并没有。滑雪日的时候她们都带雪橇去。很丢脸，不只是丢她们的脸。

我从别克伦下坡，经过乌拉夫·莱广场去市中心。我也不知道为什么要跑到地势那么高的地方，本可以在奥斯陆市中心的格莱斯维或任何一家选择多样的体育用品店买滑雪板，大概是因为格外便宜吧，基本上雪板、雪杖和固定器都是成套卖的，有人告诉我打折后抵得上电车票和花去的时间。

我没有坐下来，而是站在门口握住那里的扶手，这样就不会出现我在座位上转身或是站起来的时候，雪板和雪杖打到谁或是捅到谁的脸的情况。她坐在车厢内，脸朝着我这边。我从车门的窗口转过身就看到了她，明白她在注视我，或许已经有一阵了。她的视线与我的交会，其实她没必要注视我那么久。然后她转头看向窗外，外面公园剧场的台阶前下着雪，雪落在人行道上，落在乌拉夫·莱广场上的树上。她或许不能算很漂亮，不对，她应该算很漂亮了，但长相有些古怪，她有一副好看的、有点像亚洲人的颧骨，她侧过脸的时候，鼻子看起来比谁都更像《阿斯泰利克斯历险记》里的埃及艳后。至少让我这么想，勾起了记忆，就是脸部的五官非常集中的感觉。她又开始看我，这次是我盯着她的眼睛，注视她许久，然后转开视线，喉咙口能感觉到，她坐在那儿对我有影响，让我心动了。我看向双开折叠门的玻璃窗外，经过绍氏大厅的时候雪停了，眼前出现了我常去的饭店，好几次我都手握浑浊的半升啤酒，产生了对接触肌肤或接触任何别的东西的强烈需求，房间的地板稍稍朝吧台形成缓坡，所以对那些想离开的人来说很难离开，有人跟我说话的时候，就像是从一个柜门虚掩的柜子外面传来声音，我的嘴角总挂着无所适从的黠笑。我在绍氏大厅厕所的镜子里见过，最后一次就在不久前，也很难忘记那个同我一起离开的她，我当时有多兴奋，多坚持。今天，圣诞夜，我看到黄色的吊灯下座无虚席，电车掠过托瓦尔·梅耶大街和特隆赫姆大道在新桥会合，然后转向河另一侧的斯多尔大街，经过急诊站，和曾经叫安克尔略卡的地方。

我又转回身，想再看看她，因为她的脸让车厢里的一切都飞了出去，哪怕背对着我也能感觉到，她在看我，我抬起视线的时候，她已经起身在座椅之间向外走了。她直接向我走来。我一直在等她，早在今天之前，她用一只手握住支撑着我的同一根扶手，把包放到地上，用牙齿取下另一只手上的手套，赤着手平平地捂住我的下颌和耳朵，不重，但也不轻。我靠向她的手掌。感觉真好。但我还是忍住了。我也不知道为什么。一切都很好。她笑了笑。你没有准备好，她说。我想了想。她说得对，这让我很惊讶。是的，我说。真希望你准备好了，她说。是的，我说，我也是。那我们怎么办，她说。我不知道，我说。

我不知道我们该怎么办。我也希望我们能做点什么。是呀，她说。我们就这么站着。彼此看着对方。今天是平安夜，我说。或许是这个原因。所以这么困难。今天不合适，我说。但这时她朝我靠了过来，用脸颊贴着我的脸颊，一只手仍放在我的耳朵上，她说，就是应该在今天发生，又能怎么办。直到这时候她才把手拿开。我的耳朵一下子就凉了。现在我要下车了，她说。现在吗？我说。她笑了。她拿起自己的包，包很重。今天是平安夜。我看看车门的窗外。我本该在急诊站之后就下车，坐比约森方向的公交车沿着豪斯曼大街，悦兰大街，走那条路线，但一路我都没注意开到哪儿了，现在我们已经经过布鲁大街的购物中心古纳琉斯，电车继续沿着朝人行道和金属栏杆铲出的雪槛前进，大街前方不远处是两层楼的多夫勒大厅，还有格莱斯维运动品店，歌剧走廊在另一边。这就是斯多尔大街。这里的情况我了如指掌。那你就别下去了，我说。不行，她说，我得下去。电车停下来，车门打开，她说，圣诞快乐，陌生男子，然后露出了我再也见不到的微笑，小心翼翼地下了那两级台阶，双臂挎着沉重的包走上人行道。我不敢去帮她，她没有转身，她凭什么转身呢，我想，如果她转身，我就跳下车随她而去，去他妈的滑雪板和圣诞夜，想怎么着就怎么着。但她没有转身，车门又关上了。我唯一的机会跑了，我心想。现在我一无所有了。这是不对的，我有很多东西，但我一样都想不起来。

几个小时之后我坐公交车下到中央车站，从那里坐火车到斯卓门站，去前丈母娘家参加圣诞聚会。我一直很喜欢她，她总是很有主见、幽默，嗓门大但是不惹人厌，但那天晚上她一心只想重新撮合图丽和我，说我们之间还是有可能的，那样就好了，对我们大家都好，这么多年过去了，她很想把我留作家庭中的一员，我们彼此之间都那么熟，发生的一切归根结底可能就是个误会，等等，但我不想谈这些，没有退路，玻璃墙已经砌起来，坚不可摧，她的话我都听烦了。图丽显然也是。我们两个都不吱声，非必要不对视。

我很不愉快。每次图丽小姨的新老公跟我说话，我都迫不及待地想走人。饭桌上他坐我右侧，很难躲开。他很想和作家聊天，他说，并为今晚做了准备，话说得明白，他自己经常这么想，他想写作，他肚子里有本书，感觉很强烈，他需要有人推他一把——他自认为我显然就是那个人——用洞见，亦或是恰如其分的话语，这并不难理解，如果他是真诚的话，他想让我说几句近似神谕的话，来鼓励他走出那一步，但我不想和他说话，我已经不干了，我说，我不写了，我转向左边对着她的老婆也就是图丽的小姨，她很吸引人，我一直这么认为，她本来可以选我而不是这个新老公，我突然这么想。但我想起了电车上的女子。我更希望得到她。其实我也不知道自己想要什么。每一件事单独出现的时候都很重要，但与我擦肩而过之后便开始灰飞烟灭。我没法让这个过程停下来。然后下一件事又出现了，或者是下一个人，可能是下一个女人，我无所适从。

我是坐公交车换火车来的，没有开车。这样我就可以在晚饭的时候灌上一两杯，不喝酒根本应付不了，佐餐的酒有啤酒和土豆酒，好几瓶土豆酒[1]，我左边的小姨都看在眼里，她对我微笑，低声说，我知道这样没什么意思，但你已经做得很到位了。第一批礼物分完后你就可以走了。这种事情发生之后还留在这里只有让你闹心的。但千万别喝醉。姑娘们会难受的。我不会喝醉的，我低声回答。我还真没有，没有过分。我在饭桌上开起了玩笑，小姑娘们觉得我很有趣，前丈母娘也这么觉得，图丽笑了，或许是松了口气，但维迪丝没有笑。她看穿了我。我对她微笑，她没有回以微笑，只是点点头，仿佛在确认我们之间有个秘密，这个秘密就是我并不清醒。她仍然只有十二岁，和父亲之间有这样的秘密——他其实喝醉了。但她接受了我送的滑雪板，说送得正是时候，因为旧的已经太小了，也没有对任何人透露旧的从来没用过，这让我很感激。

蒂娜和图娜很喜欢她们的礼物，喜出望外。她们得到了芭比娃娃，这其实是她们唯一想要的东西，愿望很强烈，显然成年人里只有我妥协了，给她们一人买了一个。那是个尴尬的时

---

[1] 一种土豆酿成的酒，德国人常在饭后饮用一小瓶。——编者注

刻，因为所有人都知道我当时是强烈反对这些可怕的娃娃的。维迪丝对芭比娃娃不感兴趣，同时她对滑雪板也不感兴趣。我本可以给她一本书，但我有压力，并且觉得其他人肯定认为我在贪便宜。如果送书的话。

然后我就要走。还没上咖啡和干邑。蒂娜和图娜表示抗议，但也只有她们。这让我有点失望。小姨送我到门口。我弯下腰穿上靴子，然后在她的注视下慢慢系鞋带。我站起身，穿上海军大衣，把我的长围巾在脖子上绕了两圈。你得照顾好自己，她说。我试着注视她的眼睛，她差不多比我年长十岁，总是让我有些害羞。都会过去的，她说。就不会那么难受了。现在感觉不出来，但会过去的。相信我。她给我一个拥抱。那样就好，我把自己捂在她的头发里说，能过去就好。她愿意安慰我，这让我很感动，是酒精的作用，我变得多愁善感起来。我说，或许我们可以见见面。为什么不呢，她说。但我知道她这话不是真心的。她刚嫁了新老公。

沿着铁丝网和铁轨去车站的路上刮起了风，又开始下起雪来。我没有戴帽子，只好用围巾在头上绕一圈当头巾，雪随风在我四周盘旋，落在莎河边倒闭的工厂的厂房上，落在路前方的购物中心上，落在背后的山丘上，落在约雅湖和格罗马河的水面上，落在蔓延至瑞典的森林上。我想象着，能看见所有的雪花盘旋着落到树梢，停下，慢慢飘落。新的雪花飘来，留在伐木道上，覆盖驼鹿和狍子还有野兔留下的痕迹，或许还有告别百年后从瑞典回迁这片森林的狼，像坐着一架无声的直升机看到这一切，我发现自己想念起那个星期天来。我父亲和我滑着雪沿着做红色标记的雪道深入利洛马卡，他穿着我母亲织的蓝色毛衣，脊背宽阔、肌肉厚实，在这冷冽的冬日空气里、干冷的雪地上，只有他和我急促的呼吸声，树木干枯的枝节在冰天雪地里相互依偎着，对这一切的思念同时让我感到彻底的绝望。思念无处安放，只会让我消沉。父亲已经去世。过去无影无踪。只有现在。

我从中央车站下车，走到路口的铁道广场上，旁边的钟楼霓虹闪烁。现在我觉得自己特别清醒，非常清醒，就像我就应该在此时此地，很惬意地拥有平静。突然一切都抛在脑后。图丽抛在脑后。连姑娘们都抛在脑后。清净，孑然一身。

我走上卡尔·约翰大街，经过教堂大街、国王大街，下一个街区之后左转进入皇宫下大街，沿着购物中心思汀思卓，来到托尔布大街十字路口的一家由药房改造成的酒吧。它还开着。我已事先知道，那儿我去过好多次。下过好大的雪，被风吹得到处都是，入口处两侧的低窗上都吹满了雪，但门口的垫子都扫干净了。我停住脚。里面传出的柔和的灯光洒在人行道的雪地上，在路灯下一切都变成金黄色，每盏路灯都有自己的光圈，光圈都相隔甚远，之间只有静默。风停了，雪住了，街上很安静，像一个空洞，被囚禁在自己的温暖中，城区街道上让人感觉亲切，我敢肯定室内不会有这种感觉。于是我跺掉鞋上的雪，深吸一口气进门。

里面完全变了样。我一进门就感到人类的温暖扑面而来。酒吧里几乎满座。我关上身后的门。看到我进来，有人对我微笑点头。那天是平安夜。圣诞快乐，他们说，我也说圣诞快乐并回以微笑，我连海军大衣也不脱直接走到吧台点了一杯半升啤酒和一杯土豆酒。随点随到。然后我在窗边找到一张桌子，把外套挂到椅背上坐下。我又深吸了一口气，能有多深吸多深，再缓缓地呼出来。能感到此时此刻我脸上露出了微笑。我举起酒杯一饮而尽。这时我才开始环顾四周。没有单身女性。这样也不错。实际上大都是男人。看上去基本都是没人一起庆祝圣诞的年轻男子，所以与其在家看电视还不如来这儿，或许有几个是住青年旅舍的。这都是可以理解的——他们为什么来这里。吧台末端坐着一对，喝着烈酒。她穿着鲜艳夺目的红色连衣裙，怎么说也是圣诞夜。他们已经喝了不少，他比她喝得多，从他看着地板的眼神可以看出来。他们试着低声交谈。他们那么激动，低声交谈并不容易，特别是她很激动，但我听不见他们在说什么，我还挺高兴。或许是已婚人士在吵架。不过谁想听那个。我犹豫了一下，起身走上去又点了一杯土豆酒。我需要再喝一杯。红色连衣裙女子抬起头，看到我站在吧台的另一端等着，突然大声说，你看上去像个有孩子的男人，为什么不在家陪孩子，为什么来这里，今天可是平安夜！男人看看我，沉默了，朝窗子转过头，看上去很羞涩，这也不奇怪。我有充分的理由，我说，这么说应该就够了，但不好意思我再加一句，你也在这里，你们也在这里，为什么不和你们的孩子在一起。我觉得必须回敬她。她闭上眼睛，紧闭着眼睛，紧闭双唇成一线。我没有孩子，她说。那样的话，我说，那就对不起了。绝对不关我的事。调酒师给我满满一杯土豆酒，我正要回我的桌子时，她开口说，他不肯给我个孩子，这是我人生的悲剧。很遗憾，我说。我还能说什么，我想回我的桌子，我想喝这杯土豆酒，我不能站着喝，看上去会很颓废。他不敢要孩子，她说，除非知道我吃了避孕药，不然他都不敢睡我。我才不吃那玩意儿呢。我已经一年没吃了。不吃也没用。我一声不吭地站着，男人一声不吭地坐着。这不公平，她说，我有权要个孩子。每个女人都有权要孩子。她突然注视着我的眼睛，就像直到现在才突然发现了什么似的。你可以睡我，她说，但她没有笑，她是当真的，这样我肯定会有孩子，她说。你看上去可以。孩子会很好看。没问题的，反正我没吃避孕药。一次应该就够了，如果你觉得没意思的话。我看到男人在吧台椅上沉了下去，吧台上的小烈酒杯里满满一杯伏特加，他端起来喝干，把杯子放回去，动作并不重，我以为他会嫉妒或生气，但他很谨慎。我觉得这不是个好主意，我说。不好吗，为什么？我不认识你，我说，你还有个男人，我也有个老婆，我很爱她。这下她看起来几乎有些吃惊，她朝两边举起手，每条手臂都是一根弧线，就像她想为我表演某种古典舞蹈，连衣裙的吊带细得像两根线，布料光滑而柔软。她看上去很不错。我转开视线。你不想要我吗？她说，什么世道，你不想要我吗？不是这个原因，我说。只是我不是那样的人。但你肯定会喜欢的，她说，我向你保证。我很会弄的。我知道，但我唯一想要的是我的老婆。我一向如此。这下她怒了，哪个男人会这样，她说，我最清楚不过了，对了，你给我一个孩子，我可以付钱，好多人都是这么做的，你都不需要喜欢我，我们只要睡一次，就完事了。我觉得你已经闹够了，我说，听好了，我不需要钱，我是个作家，我有的是钱。你是作家吗？她说。是的，我说，我是作家。他是作家，她对自己的男人说，你怎么说？但他什么也没说，他已经放弃了，他醉了，他毫无意识地笑着。我说，不好意思，现在我得去我自己的桌子那儿坐下来了，我从吧台脱身，穿过桌子，土豆酒在杯子里悸动，我感到脖子后面的热度慢慢扩散并绕过脖子蔓延到脸上，很不舒服，身后我听到她说，他是作家，你他妈怎么说？但我没听到男人说一句话，一坐下我就喝干了酒杯。

一晚上就这样被破坏了，但我还是留在桌边。之前感到的平静消失了，没有什么可以抛之脑后，我身上发生的一切都排起了长队，现在怎么办？我慢慢地喝完半升啤酒。其间抬头看看吧台，他们还坐在那里。已经不再交谈。他们还能说些什么。我试着看看其他地方，看看其他客人，现在人少了，都是单身男人。我看看窗外的海关大街，又开始下雪了，我可以走回家，我想，路很长，但对我来说比较健康，提神，走走可以帮我把酒精挥发掉，把红色连衣裙挥发掉。我还想再喝一杯土豆酒，但再喝一杯的话就过了，我就哪儿都走不了了。我转头看看吧台。他们起身准备走人。他醉得很厉害，她不得不搀扶着他穿过大门，走到人行道上，我又坐五了分钟，或许更久，然后我站起身慢慢地穿上海军大衣，把围巾仔细地围到脖子上，走到调酒师跟前说，好好过个圣诞假期，并向他伸出手，这样他就不得不接过我的手，说，你也是。我也不知道为什么我要握他的手，我平时从来不这样，本来挥挥手就好，那样就够了。

然后我就出门了。在门垫上站了一会儿。我可以一直走到比约尔森，也可以打车，末班车已经开走。我决定还是打车。眼前没有一辆出租车，于是我开始朝中央车站走。那儿总有几辆空车。穿过国王大街，我听到街下方传来高声的吵闹，是酒吧里的那一对。那儿停着一辆车顶亮着顶灯的出租车，一边的后门开着。她看到了我，对我喊，喂，作家，是你吗？你能过来帮帮我吗？我这儿很着急，拜托，你过来一下好吗？我烦透他们了，我想回家，我本可以沿着海关大街直接去火车站，没人会指责我，但我不是那样的人，很遗憾，我还是走进国王大街，朝出租车停着的十字路口走去，车里司机坐在方向盘后面，从前窗看过去姿势很僵硬，纹丝不动。我没法把她弄上车，红色连衣裙女子说，司机不愿意帮我，司机坐在车里说，我不会离开这辆车的，这我他妈不干。你能帮帮我吗？亲爱的作家，她说，但她的男人死活不愿意上后座。我试着按住他的脑袋把他塞进去，但他既不愿意低头也不愿意弯腰。我说，太高了，你他妈给我坐进车里去，你们好回家。我用力推他，但他不肯进去。相反他突然转过身打了我的脸，我朝后一个趔趄，仰天摔倒在地，他朝我扑了过来。

他比我强壮，我打不过他，但酒精导致挨他的拳头一点也不疼。一晚上基本都在下雪，国王大街上雪已经积得很深，市政府还没有派车出来扫雪。雪还在下，快凌晨一点了，他就是不愿意上那辆出租车，我们继续打，打着打着就忘了为什么要打，就这么躺在雪地上挣扎，毫无目的并毫无意义地继续打，出租车消失了，另一辆出租车来了又走了好长一段时间，可我们都没留意。他老婆也走了。我们停下来看看周围，街上空无一人。我们站起身。浑身上下都在疼，胸口、肋骨侧下方、脸上、右眼。我擦擦鼻子，手上都是血，肯定是挨第一拳弄的，看到血让我异常平静，感觉像是当晚的合理结局。我们俩都喘着粗气，在安静的大街上声音还挺大。最后我说，行了，那就这样吧。他说，希望如此。也不是你的错，他说。什么呀，我说。我不记得了，但反正肯定不是你的错。不是，我也觉得不是，我说，我本来只是想回家来着，我们站在那里，手臂沉重地垂在两侧，手掌摊开，他很尴尬，我也很尴尬，我们尴尬地彼此笑笑。好吧，那就圣诞快乐吧，不好意思发生这种事，然后我们各走各的路，各找各的出租车站，我向下去中央车站，他相反，向上去艾格广场，议会大楼背后出租车排着队。他一瘸一拐，我也一瘸一拐。

第十五章

姑娘们和我在一起的最后一个晚上是小年夜，星期一圣诞假期过后学校就要开学了。维迪丝前几天打过电话来，是圣诞节的第二天，所以我心里有数。圣诞夜之后我的一只眼睛还是青的，就是国王大街上干的那一架闹的，已经快变黄了，但还有点肿。我浑身好多地方都在疼，下颌骨、左肩、右膝。

突然我就不用去谢腾接她们了。是图丽告诉我的，我打电话去本来是想问问我什么时候去合适。你不需要来了，她说，你不需要来接她们了。

她们只来我这儿一整天，一整天都不到，我想要给她们一个特殊的夜晚，想尽可能地充分利用这一天，并制订了计划，所以她的话让我没了准头。为什么我不能来接她们？我说，需要，这和需不需要有什么关系，为什么我不能来接她们？她说，哦，阿尔维，这就不用我告诉你了吧。她的口气听上去像我母亲，这话立刻就让我有了罪恶感，胸口一阵痛，我脚下的坠门嘎吱作响，但我马上又想，罪恶感，我有什么罪？我想为自己辩解，但不知道自己为什么要辩解，记忆中什么都找不到，没有什么不用她告诉我的,这让我对她可能会找出来的说辞感到很焦虑,我忍住了。

其实图丽把她们送了过来。之前从未发生过这种好事。我站在窗口,看着她把她的那辆装着红色轮毂的金属蓝丰田紧挨着停到公寓楼前我的香槟色马自达边,相形之下,马自达看起来相当不堪,土里土气的,这是图丽事先想好的,以这样的隐喻来彰显她是如何看待我们现在的关系的,所以看上去很有压迫感,我心想,才过了几个月,一切就都与以前不同了。

我本来挺喜欢去接姑娘们的。这让一切都更轻松一些。回比约尔森的车上气氛总是很好,她们问我为接下来的两天制订了什么计划,每次我都会制订一个计划,我们一起唱我给她们放过无数遍的二十五年前披头士的老歌,她们讲给我听上次见面之后在她们的生活中发生的事,我也讲给她们听在我的生活中发生的事,如果删掉我出去混的那些夜晚,那些得手的夜晚和那些失手的夜晚,剩下能说的事并不多,所以我就假装一下,编些故事出来,对我来说还挺轻松,很容易让她们为这些她们确信发生过的事发笑。反正蒂娜和图娜深信不疑,维迪丝也会跟着笑。这下我没法开车带她们兜风了,没有了过渡时间,无法把纠结的气氛化解在车里,只有她们三个外加图丽突然出现在面前的楼梯口,就像姑娘们一直到门垫上都需要有人看护似的。但我没让图丽进门厅。我也从没进过她的房门。她家肯定很乱,她总是很邋遢,我是绝不会跨过那个门槛的,于是我堵在门洞里。送到这儿就可以了,我说,这样就够了,现在开始我接手。好呀,你接吧,她说,谁知道你要干什么。她的口气里有一种我无法理解的敌意。到目前为止,她的表现都让我理解为,我们分开对她来说是种解脱,虽然很大程度上挺伤人的,但也能算是某种友好的解脱。可这种感觉已经消失了。她不再友好,我其实受不了,这种不平衡感,让我感到羞耻,很不好受。

我打开门的时候她一眼就看到了我青一块紫一块的眼睛,她夸张地翻了翻眼睛,讥讽、霸道,还有我颧骨上显得怒气冲冲的斑点她也看在眼里,但就是那一拳我想不起来是什么时候挨的,不过肯定也是在国王大街的雪地上,刚挨的那几天特别疼,现在还在疼。碰都不能碰。她的眼神很好懂,这让我很不自在,同时很气恼,我心想,你凭什么对我评头论足。我觉得自己被暴露了,太阳穴直跳,我又焦虑了。不是好兆头。

你们今晚最好别出门,她说。现在开车出去兜风也太晚了。
原来如此。当然了。是车掉进沟里,维迪丝晕倒的事。我以为这事已经过去了,被遗忘了,就像有某种协议,我和姑娘们之间的某种默契已经把这件事一笔勾销了,但一瞬间我又回到了哈勒斯顿,只是这次聚光灯更明亮,我突然想到当天在法尔肯的车到来之前,在地沟旁,姑娘们肯定比我愿意承认的更害怕,当天发生的事比我事后几周内设想的更激烈,虽然那个穿着棕色西服的第一个人——特隆德·桑德,帮我缓解了一些事情的复杂性,并让维迪丝露出了微笑。他才是当天的英雄。4号国道上的好人。她们为他,为他的冷静和礼貌而倍感崇敬,而不是为了我。但在特隆德·桑德坐进自己的车朝约维克开走,去那里开他的会时,她们就又害怕了,三个人都是,我们朝相反方向以蜗牛般的速度翻过业勒沃森,下到特隆赫姆大道,经过怀特维特,开往奥斯陆的这一路上她们还在害怕,但那天发生的事,事后并没人再提起。直到现在。显然。

嘿,爸爸,蒂娜说,这是最后一次了,你知道的,是不是。她是个奇怪的女孩,还这么小,却很理智,她的话没有恶意。是的,我说,是的。唉,她说。她很快就要七岁了。图娜五岁半。维迪丝已经十二岁了。嘿,爸爸,维迪丝说,然后她又说,多嘴的不是我。她说这话的声音很低,为了不让其他人听见,要是有人"多嘴"了,那一定是蒂娜。但蒂娜从来不多嘴,她只是在有人问的时候会给出实事求是的信息。她不理解"秘密"这个词是什么意思,不理解为什么要有秘密。那次开车出去玩实际上是这样的,我们到了哈勒斯顿,在那里我们掉沟里了,挂在我们各自的安全带上,因为爸爸很生气,打了一个很愚蠢的弯，然后维迪丝就晕过去了，车被拖出来之后我们又开车回家，到辛森立交桥的时候我们转了一个圈，又返回去阿克尔医院，因为维迪丝需要看医生。姑娘们估计也看到了护士们对我的怀疑，这让我们之间的信任更加脆弱。在桑达卡的时候破损的挡泥板掉了，我一句话没说只是继续开，蒂娜哭了，她听到了那声巨响，图娜也哭了，但维迪丝没有。很可能是因为她又晕过去了。我对图丽一个字都没提。蒂娜肯定不知道那是为什么，但我送她们到谢腾的时候她也没有说一句话，因为妈妈没有问。后来妈妈问了好多话，也不知道是为什么，蒂娜轻易地就把一切都说了出来，这我可以肯定，这时候妈妈肯定火冒三丈，因为我没有告诉她发生的事，还试图蒙混过关。这我还真怪不了她。我自己都不明白为什么我什么都没说。不像我做事的风格，这我还挺肯定。

没事，维迪丝，我低声说。没关系的。好的，爸爸，她说。
我关上门，图丽还站在门外，她敲敲门上的玻璃大声说，我明天一早来接她们，然后我听见她下楼的脚步声，我透过玻璃向外张望，对面站着永达尔太太，也透过她的玻璃张望着。她知道那个晚上意味着什么，前一天我告诉了她。她举起手招了招，我也招了招手。

一早，我说，多早？我不知道，维迪丝在我身后说。妈妈甚至都不想让我们在这里过夜。为什么不？我问。你们不是一直过夜的吗？妈妈说现在不一样了，这是最后一次，维迪丝说。我转过身，她看上去很困惑，但她没有说任何挑战最后一次这一事实的话。她为什么要这么做呢？本来就是她打电话通知我的，我感到很绝望，突然一阵眩晕。我感到眩晕的次数越来越多，可能是在大街上，在某个楼梯上，我不得不在第一个转角处就停下来靠到墙上，甚至在车里都会发生。这样不好。我说，维迪丝，我现在觉得有点绝望。我想我得坐下来。好的，爸爸，她说，跟着我来到客厅，我在离窗最近的躺椅上坐下。维迪丝坐在另一个躺椅上。蒂娜和图娜已经坐到了沙发上。维迪丝问，疼吗？爸爸。她摸摸自己的脸，我也照做了，差不多摸到颧骨上最疼的地方。现在不怎么疼了，我说。蒂娜往前倚着，手撑着膝盖，用一本正经的眼神审视我。过了很长时间。我什么都没说。就好像我是她的俘虏。这很让人不安。最后她说，你和人打架了吗？爸爸。我该怎么回答，说我撞到门上了，电影里没有撞到门上的人都是这么说的，于是我说，我打架了，蒂娜。是嘛，她说。她直起身子，背挺得直直的。她还能说什么呢。停顿了一会儿，图娜说，你打了吗？爸爸。打了，小图娜，我不能否认，我说。这下她喊起来，不要，不要，并且开始抽泣，手指交叉在一起，头向后仰看着天花板。我说，但是图娜，并没有那么危险，当然打架是没用的。不要，不要，她喊着，手指绞在一起，肯定很疼，看上去很奇怪，可以说有些神经质，然后她哭了起来，声音还不小。有那么一小会儿，她的哭声是屋里唯一的声音，充满了顶灯下的所有空间。不要，不要，她喊，但这时蒂娜插了进来，她大声清清嗓子，以我以为充满希望的声音说，爸爸，她说，你有计划吗？房间里安静下来。图娜也不哭了，但安全起见她还是瞪着天花板。维迪丝好久没说话了，她的眼神空洞，面无表情，但现在她转过头来，就像是把积极的想法说出了口，振作，爸爸，振作，这对我来说不难入耳。你知道吗，蒂娜，我说。你们来之前我很确信我有个计划，但现在我想不起来计划是什么了。这是真的。我想不起来了。对不起，我说，但我想不起来了。房间里又安静下来，图娜仍然瞪着天花板，然后维迪丝说，没关系的，爸爸，蒂娜也说，对，没关系的，爸爸，她总是能找到话说，我们可以看电视吃糖，就这么定了，她说。就这么定了，我心想，让一切就这么定了，再见了姑娘们，我们肯定会再见的，可能是复活节，可能在夏天一起过个一两周。这很荒唐。姑娘们可能对图丽说了什么没有对我说的话。我猜不出来，也不能问，感觉就像她们就是这么放弃我的，就在那一刻她们放弃了我。她们说，现在我们开电视，就这么定了，就像她们就想让这一切尽快结束。她们期待我会极力反抗，我敢肯定，从我这边发出的最后的猛力一击，可以纠正我所认为的错误，可以改变我们现在已经绑定的轨道，她们或许会支持，她们想要支持，如果我可以做到的话，但我什么都没做。那天没有，那晚没有，也不会再有其他夜晚。我坐在椅子上，头晕目眩，想找可以支撑我的东西，可以说的话，但除了被入侵的感觉我什么都找不到，蓝色丰田车的入侵，图丽在门槛上的入侵，奇怪的是，我突然累了。我并不难过，只是累了，大家都很疲惫，包括姑娘们。情况太复杂，哪怕我最后找到了可能说的话，可以澄清甚至鼓舞的话，我也很可能守口如瓶。于是她们就放弃了我。

十一点了。姑娘们睡了。她们提前睡觉去了。维迪丝也是。我还指望她会留得晚一些，但她留着干什么呢。

我还坐在客厅里，但移到了沙发上。一只手压在靠垫下，牢牢地握着光滑的刀柄。糖果盆空了，巧克力纸铺了一桌子，电视还开着。我们最后换到了瑞典的电视台，因为那里的圣诞节目比挪威国家电视台的好看，一直都是这样，我好像记得她们正好放到那档斯特林堡节目的结尾，那个节目我期待了很久，但现在我已经无所谓了，瞥都不瞥电视机一眼。

只要姑娘们还醒着，我就离香烟远远的，但海军大衣的口袋里有一包未开封的蓝色大师。我当时肯定以为要庆祝些什么，但也不知道到底要庆祝个什么。现在我起身走到门厅，从口袋里拿出那包烟来回到客厅，刚要坐回沙发上，又转身走回门厅，从衣橱里取出冰岛毛衣，外面穿上外套，香烟放回口袋出门走到楼梯间，下楼，穿过门廊来到停车场，坐进冰冷的车里。这时我才把软壳的塑料包装拆掉，在嘴唇之间塞了一支不带过滤嘴的蓝色大师。马自达旁边，蓝色丰田停过的车位还是空的，空虚充盈着，其他车位上都停着车，当我注意到这一点时，就开始焦虑起来，很难平静地坐着，都没来得及点上烟，我就从车里又钻了出来，走进后院，上楼。

快上到三楼的时候我停了下来，在最后几级台阶中的一级上背对平台坐了下来，在那儿我终于点着了烟。那大概可以算是我抽过最好抽的烟了，至少是最合口的，但我还没抽完半支，我家对面的门就开了，我马上就明白那不是永达尔太太，不然冰冷的空气中会出现熟悉的气息，某种迷人而亲昵的气息。这样的话就只剩下一种可能了。你坐在这儿呀，永达尔说。我没有转身。朝半黑的空气中吐出一缕发亮的青烟。没错，我坐在这儿，我说。已经很晚了，他说。我说我完全清楚这一点，他很难理解我为什么坐在外面这冰冷的楼梯上而不去躺在我温暖的床上，然后他想起来了什么，充满期待地问，可怜的杨森呀，你是把自己锁在外面了。我头也不抬地从口袋里取出钥匙串，让它显眼地悬在我的食指上，这下他什么也想不出来了。哦，他说，好吧好吧，你自己看着办吧。想坐哪里坐哪里，肯定也不违法，虽然现在已经是半夜了，我说我想在这里坐一会儿，所以我也希望他是对的。保证不违法，他用安慰的口吻说。你就坐着吧。晚安啦，杨森。也祝你晚安，我说，替我问候你的家人。我会的，永达尔说。我知道他真会。他忍不住的。他可是基督徒。注定要过正直诚实的生活。我不是。我为什么要过这样的生活。我每天都在伪装，装这装那，毫无例外。但他肯定会告诉他老婆我坐在外面，并且问她好，有那么一刻我以为她会因此出来。但之后我又想她不会的。然后我又想起了老家的楼梯，怀特维特的排屋里一层和二层之间的楼梯，连续好几个晚上我都像现在这样坐在楼梯上，像今晚，在奥斯陆城高处河的西岸比约尔森城区的这段楼梯上，但不管在经济上还是在文化上，这里实际上都算是东城，只不过离我住在怀特维特的日子已有二十年。上了那个楼梯便是我父母共同的卧室，房门紧闭，我坐在外面是因为当时我十五岁，关于未来的胡思乱想让我魂不守舍，沉重无比，不着边际的遥不可及像石块一样滚砸下来，封住了去路，这些念头让我之后几年内都充满了恐惧，我害怕永远达不到未来所需要的维度，哪怕我想尝试，也必须孤身奋战，这种必然性，以及这一切其实都不由我掌控的必然性让我窒息。我无法呼吸，无法吞咽，这些都逼我坐到楼梯上，坐在楼梯最上面一级台阶上大口地吸气，我母亲很可能会听见我凝浊的呼吸声。其实我别无他求，我希望她能出来坐到我身边，或许说点什么，其实她根本不需要说什么，但她没有出来，我又不能去求她，因为如果我去求她，一切就失去了价值，化为乌有，反正她也不会出来。她从来都没有出来过。相反她只是大声说，唉，阿尔维，快回屋里躺下，老天呀。然后永达尔太太就走了出来。她肯定已经上床了，听到永达尔进屋告诉她我向她问好，就又爬了起来。她披着一件晨褛，蓝色带红色条纹，毛圈面料，就像一块毛巾、一块浴巾，那样的话应该算是浴袍，看上去挺旧的，很可能是她从她母亲那里继承下来的，要不就是某个品位中上的姨妈，这都是我想出来的，其实完全不用想那么多。她把那件很可能是浴袍的衣服在身上裹紧，腰带打上蝴蝶结，然后说，阿尔维呀，你坐在这儿呀。我没有马上回答。重复一遍感觉有点傻，但这个问题又没有其他答案。我坐在那儿。我又不能说我没坐在那儿。于是我转身面对她说，是的，我坐在这儿，但对她说的时候感觉不太一样，语气不像我对她老公说的时候那么嘲讽。她完全走出来，关上身后的门，但没有锁，然后坐到最上面一级的台阶上，比我坐的地方高两级，一只手搁在我肩膀上。姑娘们都好吗？她问。她们睡着了，我说。好不好我也不知道。睡着了肯定挺好的。那你呢？她问。我说，我已经习惯冻着了。她回答，这倒是真的。她知道我睡车里的事。她看见我出门，或是回来，或许往返都看见了，肯定不止一次，但从来没有提起过，这让我很感激。她用手在我的肩膀上轻抚了几次，有什么我能为你做的吗？阿尔维。我能帮到你什么？她说。没人能帮我，我说。没有吗？她说。我说，没有。不过还是要谢谢你跑出来，我补充道，这让我很高兴，你可能猜不到。真希望我能帮帮你，她说。没事的，我说，我再坐一会儿就进去。没问题的。她站起身，已经是半夜了。好吧，她说。那就晚安吧，阿尔维，她说。别坐太久。我不会的，我说。你也晚安，但我没有说替我问候家人。据我所知她家里也没有更多人了，她进屋锁上门，门闩咔嗒一声响。

这下一切都失去了平衡。我不再只是一个人，我是被遗弃的人，区别是很大的，我本应该马上进屋，但我还是坐了一会儿，几乎就是为了颜面，但其实也没人在看。我不想进屋。但我也不能坐在这儿，我也不能下去坐到车里。我开始觉得寒冷，胯下很冷，腰都麻木了，外套下寒气沿着脊柱上升。于是我站起身，僵硬地走上最后两级台阶，打开房门走进门厅。我脱下海军大衣，但没脱冰岛毛衣，走进厨房，从橱柜里拿出一对威士忌酒杯中的一个，那是我哥哥在平安夜前一天来看我时送给我的。他说，一个给你用，一个我来看你的时候用，握在手中沉甸甸的，很舒服。我把酒杯放到厨房操作台上，倒了一大杯尊尼获加，格鲁吕谷最受欢迎的烈酒一直从奥沃尔运到韦斯特里。然后我手里端着酒杯来到门厅，坐到地板上，坐在姑娘们房间的门槛上，背靠着一侧门框，脚抵着另一侧。房门半开着，一直都这样。我抿了一口威士忌，取出一支不带过滤嘴的蓝色大师，点着，每抽一口都把烟尽量吹离门口，吹进门厅穿过厨房，再抿一口酒。我感到温暖在身体里蔓延，我也不知道自己在门槛上坐了多久，闭着眼睛，后脑勺靠着门框，听着漆黑的屋内姑娘们的呼吸声，以各自的节奏，闪着各自的光芒。

第五卷

第十六章

睁开眼睛。我穿着两件外套躺在沙发上,从那儿仰视天花板、泥灰、围绕顶灯的石膏装饰,整个天花板是雪白的,几个月前我才亲手刷的墙漆,在折叠梯上站了一个礼拜,顶着颈椎痛,都很好看,但不是房间里我最喜欢的地方。天还没有完全黑,但光线已经不同了。可能过了两个小时,太阳从窗口直射进来,并不算热,但穿两件外套还是太热。我感到胳肢窝下面和后背有些汗津津的。看看钟,过了一个小时,不是两个小时。

我翻身从沙发上下来,膝盖着地,费力地用胳膊肘撑着茶几直起身,坐到紧挨着沙发的书桌边的椅子上。我感到有点虚弱,还有点脏,就像我穿着同样的衣服睡了好几天而不是一个小时,外加宿醉。我把手放到书桌上并看着它们。任何手指上都没有戴戒指,但左手无名指上仍有清晰的痕迹,整整一年之后,顽固的痕迹,那曾是少有的把我和图丽的生活捆绑在一起的视觉信息。混迹在奥斯陆市中心的那些夜晚,也帮了我不少倒忙。好多人以为我是当时才把戒指拿下来的,第二天会再戴上。

桌面的右边放着那尊银佛。其实不是银子打的，而是别的材料，我也不知道是什么。我把它端起来，用手指擦着那光亮的身躯，当它还属于我母亲并摆在怀特维特客厅的边桌上的时候，每天我都会这么做，直到金属被擦得锃亮，这是我的，她总是会说，这要搞清楚，我们没人反驳，这是她从她的哥哥耶斯帕那儿得到的，耶斯帕是神圣不可侵犯的，他已经死了。我想着，我还从她那儿继承了什么稍微有点价值的东西。对我来说，我一无所有。于是我用手紧紧握住佛像，就这么握着直到指关节发白，直到香炉划痛手掌心，我才羞愧地把它放下。

多年来我都是把书桌放在卧室里的，在对着广场的窗下。图丽睡着以后我就用铅笔写作，感觉放在这里正合适，低调的地方。把书桌搬到外面客厅里，在那儿占个地方会显得自大、尴尬而无趣，但现在呢，背后让人心痛的半空着的床，没过多久我就不得不把书桌搬出去，塞进本来放电视机的那个角落，把电视机放到另一边待命，这样我就不得不把唱机朝门口移那么一点儿。这是我单身以后做的第一件事。我知道这样就能尘封一切，无路可退，一切都将永远改变，看上去很奇怪，很极端，产生了某种临时的不平衡感，让地板，让整个房间都朝她最后离开的那扇门倾斜。

我把那个汉字"非"挂在了左边的墙上——这样需要的时

候我就能轻易地看到裱在银框里的它——并把下面薄薄的稿纸之间放佛像的地方清理了一下。从书桌前我还能斜斜地看到公交车站、停车场和环岛。这个书桌跟了我许多年，自从它出现在怀特维特的男生房开始，我兄弟在国内过圣诞、过暑假或是有几次回来过复活节的时候，会和我共用那个房间，他是我的哥哥，而另外两个弟弟都死了。那时候他们还没有去世，但现在都去世了。我和我哥哥共用一个房间的时候，他们都还健在。但四壁之间已经很难想起他们的样子来，想起他们每周日坐在客厅的桌子周围，坐在电视机前吃饭而不是像往常那样进厨房，因为电视上有阿拉木图或普莱西德湖高山冰道上的速滑比赛，或是比约恩·博里[1]对战约翰·麦肯罗[2]的瑞典公开赛，我们会在荧屏前围坐成半个圈。已经很难记起他们在楼梯上奔跑时的重量，上上下下，那种重量，不是我母亲的重量，不是我父亲的，也不是我自己分到的重量，记得他们会把衣服挂在门厅里的挂钩上，下面是高筒靴；记得他们从二楼传来的声音，吉他和弦从厕所呈扇形传到走廊里；记得他们的身影出现在某些房间里，穿着法兰绒衬衣，红色、蓝色，进进出出。我闭上眼睛使劲想让他们浮现，他们却没有出现，我已经看不到他们了。这很让

---

[1] 比约恩·博里（1956— ），瑞典前职业男子网球运动员，网球史上男子GOAT之一。——编者注
[2] 约翰·麦肯罗（1959— ），美国前职业男子网球运动员之一。多次获得全美单打冠军和世界双打冠军。——编者注

人绝望。

我走到门厅里。先脱下海军大衣,再是詹姆斯·迪恩夹克,并把后者挂到帽架下的挂钩上,再穿上海军大衣,进厨房烧上泡咖啡的水、速溶咖啡,我并不是什么美食家,但我不会像乌劳·尼尔森[1]宣称的那样用水龙头里出来的热水。水还没有烧开,我焦虑起来,把水壶从电灶上取下来,关掉电灶。我喝了一杯水,去了趟厕所,洗手、刷牙。看到煤油罐靠墙放着,已经放了三周,我把它们拎起来,想到今天是星期天,又把它们放下。今天是星期天,我想,不开门。于是我拿起从父亲那里继承的皮包,把重要的东西都装进去,对折的A4复印纸、初中开始用的笔袋、一本书——可以是我堆在地板上准备重读的书中的任何一本:《阿尔伯塔和雅克布》《魔山》《安娜·卡列尼娜》,还有完全不可能看下去的斯坦贝克的《伊甸之东》。这回是约翰·伯格的《G.》。然后离开公寓下楼。

时间是夜里十二点半,后院空着,石铺地上能看到凝固的皂沫。马厩的双开门开着,里面很黑,空着,永达尔肯定已经在去哈马尔的路上了,意气风发地开着自己昂贵的沃尔沃杜埃

---

[1] 乌劳·尼尔森(1977—),挪威小说家、剧作家,主要作品为《挪威的呻吟》。——编者注

特。很勇敢。海德马克郡的那条路一晚上都在下雨，谁知道他的车会溅上多少泥水。这肯定会让他闹心的。

我沿着环线开了个大弧线经过约肯，就像在工厂的时候每次上夜班时一样，从西面由东阿克尔路进入格鲁吕谷，沿着火车线到谷底最下方，我面前左侧的斜坡上是那栋高大的红色西门子大楼，右侧是阿尔纳桥调车站，所有的灯赫然在黑暗中亮着，比白天更壮观，然后，沿路继续开一段后，左侧的小树林背后就是怀特维特学校，有七年我的大部分时间都是在那儿度过的，我记得其中的每一天都是痛苦的，实际上肯定并非如此，这怎么可能，但除此之外并没有其他快乐的记忆。只有突如其来的剧烈苦楚，某个老师，某个学生我永远不会忘记也永远不会原谅，那里、那些 20 世纪 50 年代的楼房和排屋呈阶梯状向着特隆赫姆大道垒在山坡上，闪光的箭头向四面八方指向各种可能的生活，就在这一切的正中央，是我成长的那幢八户住宅楼，就在那个红色电话亭正下方。除了周日，每天我父亲都会从那排长长的排屋沿路走下来，去离怀特维特学校几百米远的东阿克尔路路边的纽兰火车站。

走那段路需要半个小时或四十五分钟。多年来除了周日，父亲每天都要步行去城外不远处上班。在东面的斯卓门平原上有一家鞋厂，原来其实是德国人留下的大型军营，到现在还没有倒闭，但来日也不多了，大部分都已经倒了，一个军队的鞋厂像多米诺骨牌一样在坍塌的关税壁垒背后接二连三地倒下。就在此刻,在他去世两年之后,坐在这辆马自达里,我才意识到他一生起早贪黑走下这段路总共花了多少时间。早晨下坡,九个小时之后再上坡回家,风雨无阻。最下方的峡湾里总是会刮风,沿着谷底刮上来,一直到走过斯托夫纳和韦斯特里风才会停,他肯定感触颇深,我的父亲,在风中,寒气早晨打在背上,晚上像冰做的飞镖一样刺在脸颊上,他可能会很怯懦,对着风狭狭地眯起眼睛,肯定会觉得一个人很无助,但当时我并没有这么想,我太小了,说实话,后来我也没有这么想。

很快,我就开到高速路出口,有一条路经过怀特维特学校一直通往特隆赫姆大道,甚至更远,到尼克导弹防御基地和那个我们称之为"军队体育场"的足球场,这么叫它显然是有原因的。继续沿小路前进仅能进入大森林,但我没有走那条路,我沿着东阿克尔路拐弯钻到桥下,沿铁路大桥下方开到另一端,再上坡开往阿尔法赛公墓。

这是一片贫瘠的区域,山谷两侧都是大路,有个只供应柴油的加油站,还有铁路工房,火车头库和调车场,还有运输公司的基地。货车斜斜地密密排成行,油门绷紧蓄势待发。那里有一家铁制品厂,无边无际的仓库建筑,但下面没有绿窗帘或黄窗帘的住宅楼来缓解气氛,只有山坡上有楼房守着各自寒冷的迷雾边境。坡很陡，这是到公墓最东面入口处的最后一段距离。

在这里建公墓很奇怪，感觉毫无价值，不管在哪条道路上转身都能听到车辆粗重的轰鸣；也没有可以让眼睛稍作休憩的景致，没有任何柔软的线条，没有任何美丽的风景，除非你觉得叉车、拖车或铁路线很美丽。确实有人这么觉得。我也喜欢铁路线。我喜欢转向架上重重地垒着木材、一望无际的货车哐啷哐啷地经过铁轨。我喜欢高压电线。我喜欢采石场，还有优雅自信地做着重型工作的机器，但我不喜欢冰冷的鲁河带来的沉郁气息，朝着峡湾先是敞开着流淌，之后钻进地下，然后又重现出来，这片风中墓园所在的土地前不着村后不着店，这粗砺不祥的荒芜。所以自从葬礼之后我就再也没有来过，准确地说是那些葬礼。那是两年多前了。这种地方对我毫无吸引力，不像电影里那样，扫墓的人跪倒在墓碑前，泣不成声地与死者或是死者们对话，痛哭的悼念者向死者或是死者们表露生前他或她未曾表露过的爱意。好吧，我心想。我没有双膝跪地的必要。我现在无法从他们那里得到的，在他们生前我也没能得到，然后我又想，这不公平，我只是忘记了，忘记了我们在一起是如何相处的，我已经忘记了。没有，我说出声来，你没有忘记，你怎么会忘记呢。我迷惘起来，我不知道我忘记了什么，还记得什么。

我锁上车朝礼拜堂的方向穿过停车场，胳膊下夹着我父亲的挎包，包里装着三百页的约翰·伯格，那天它就像粘在我身上一样，我经过礼拜堂，沿着小径从山顶下去，我的哥哥两年多前曾管这里叫靴子山。看上去名副其实。不管怎么说，这是葬礼后我记得的路线，那是那艘船着火三周后，在烧毁的走廊里、船舱里、厕所里，终于分出了谁是谁，那天我们在雨中慢慢地走，神父带领着长长一行黑衣人下坡，成年人和孩子，装着棺材的四架推车，就是墓地现在用的那种，现在的人不够强壮，已经扛不动棺材了，这肯定是因为我们现在既不是农业国家也不是工业国家，孩子们都不像以前那样整天爬树，诸如此类的原因，但无论如何，我那天是把着扶手推的，没有扛，如果早一两代人的话我是肯定要扛的。我背后是仍然健在的那个哥哥，我们本来是四兄弟，现在只剩我们两个了。他注视着我的脊背，能感觉得到，我的目光锁定在神父的脊背上，他肯定也能感觉到，但估计是习惯了，他很自然地接受了，是个好神父。长长的队伍中很多人都打着伞，但我们推棺材的人，或者说推推车的人不能打，一人一个扶手，可能是出于视觉效果，神父也没有打，也不管是不是这个原因，他没有。我看着雨水慢慢把他的头发全部打湿，平平地贴着头皮顺着脖子流下来，流到整个开始松脱的罗马领上，这场景让我联想起刚发生的事。我自己也能感觉到雨，打在头发上，打在脖子上，沿着后背流进白衬衫里，还有唯一一件专为这个场合购买的煤灰色西装。它花了我不少钱。

我下坡后突然犹豫起来，不确定墓碑是在小径的哪一侧，一排排可以做的选择太多，每块看着都很像，我先试着走了右侧，感觉最自然，我要找的是一块硕大光滑的墓碑，红色抛光的格鲁吕岩，大到可以容下四个名字，但这片谷地里的大多数墓碑，这个国家、这个地区的墓碑，都是用这种材料切割成的，然后我又试了左侧，我的视线穿行在基石和墓碑之间。忽然我就看到了我要找的那块，浅红色的——几乎呈粉色——这是我看到的第五块墓碑。在过去几块墓碑的地方站着一名女子，在她面前是一个简单的白色十字架。她很漂亮，显而易见，我心想，其实没有几个女人是不漂亮的。我一个都想不出来。这个女人面前的地面还高耸地显露出棺木的长度，白色十字架告诉我墓地是新的，墓碑还没有刻好，甚至可能还没有购买，这可能是因为死亡发生得很突然，对死者周围的人来说很意外，死神像一道闪电般降临，这在我小时候住的排屋不远处发生过，在通往电话亭的山坡上，沥青四溅，砸碎了几排窗户，一个我不认识的男人死了，这肯定让他们所有人都措手不及，所有那些不久前在这里低着头的人，又或者是因为现在站在墓地前的这个女人憎恶把死亡刻到墓碑使之成为永恒。

我靠近时，她朝我的方向瞥了一眼，然后突然开始朝另一侧的小径走去，就像被一个可能闲言碎语的人抓了个现行。她可能是死者的情妇，假设死者是个男的，所以葬礼上她并没有出现，因为她想避免让他的老婆或孩子看到她站在那儿，然后猜她是谁，她是怎么认识棺材里的人的。于是她选在这天来做最后的告别，来纪念他们一起度过的秘密、紧张、匆忙、热烈的时光。这也不是不可能，但感觉有点过，像拍电影。

没人清理墓地，在我看来没人来过，没人来种花除草或修剪干枯打结的灌木丛，没人来为死者点上一支蜡烛。苦涩的滋味油然而生。不应该这样。但我没有这么做。我哥哥也没有。连我都不来，他为什么要来这里除草修整。我只是站在那里。背对着峡湾吹来的风。高速路传来的轰鸣声震颤着身体。殒命的德国兵们的石十字架在靠上面一点的围栏后密密地排成行。我松开包跪倒在地。过了半分钟，我感觉不对劲。我把石碑上的四个名字念出声。在嘴中念出来的感觉很奇怪，它们已经很久没有出现在我的双唇间，但感觉还是不对劲。我在脖子上感觉到了上帝的目光。他说，你到底是在干什么。我绝望起来。我也不知道，我说。我转过身。那个情妇已经在小路上停下了脚步。她能隔着墓碑看到我跪倒在地。我们的目光相遇了，她没有转开视线，于是只好我转开，就像通常情况下我做的那样。我又看看石碑。想要整理的思绪又四散开来。我捡起包，站起身。裤子的膝盖处被潮湿的草地染绿并打湿了。现在怎么办，我心想。我又看看那个情妇。她可以做我的情妇，我想。但我不想要情妇。或许我想要，但现在太难了，太迟了，my heart is not in it（我没那个心思），我用英语想，not any more（不再），然后我又想，还英语呢，你太虚荣了。但话是没错。My heart was not in it, anymore（我已经没那个心思了）。

我穿过所有那些光滑的墓碑向小径走去，并经过那块新墓地。是个男人，年仅三十五岁。肯定是一场意外，甚至可能是他们在一起的时候发生的。小径上的那个她，还有他，只有她幸存了下来。她还站在那儿。当我赶上她的时候我停下脚步。泥浊的膝盖看上去可能有些夸张，让她看到我跪在墓碑前还挺尴尬，但事已至此。你好，我说。你好，她说。你是阿尔维·杨森吧，她说。是的，我说，是我。我读过你的书，她说，很喜欢那些书，但为什么它们都那么忧伤？我也不知道，我说，结果就是这样，其实不是我能控制的。这就奇怪了，她说。是呀，我说，很奇怪。然后她朝墓地点点头，先朝她的，再朝我的。是烧掉的那艘船吗？她说出了那船的名字。听到那个名字让人有些难受。是的，我说。太糟糕了，她说。是的，我说。所以你的书那么忧伤吗？这个我也说不准，我说，书是之前就开始写的，船才烧掉没多久，只过了两年多一点。没错，她说，这我没想到。然后我转身看着她看的方向，看着一排排墓碑。是你的先生吗？我问。不是，只是认识的人。曾经认识的人,她说。我想要追问一下,比方说是怎么认识的,但我忍住了。于是我们就站在那儿。她的脸上有一种我从未有过的平静。我们一起上坡吧,我说。荣幸之至,她说。

我们肩并肩顶着寒风走在小径上,经过两边一排排死去的人,继续向上经过靴子山,骨灰盒牢牢地埋在土地里,我们抬头看看山顶的礼拜堂和停车场。把墓园建在这种地方,她说,几乎到这里就会受不了。是呀,我说,正是这样。自从葬礼之后我就没来过。直到现在。身体完全麻木了,什么感觉都没有。但是,她说,你跪在墓碑前,看上去还挺震撼的,至少对我来说,让我没法离开。我这么做,我说,只是想试验一下。噢,她说,试验成功吗?不成功,我说,我什么感觉都没有。好奇怪,她说,怎么会没有感觉呢?是呀,我说,真希望能有点感觉,但事实就是这样,我什么感觉都没有。只是感觉自己有点奇怪。事实上有点傻。她没有回答,我想,为什么要把这么私人的事告诉她?为什么要让她知道?或许是因为她的平静。这样的话还挺难受的,她说。是呀,我说,或许是吧。真希望不是这样的。那你呢,我问,你有感觉吗?我有呀,她说,这我得承认,然后她在小径上停下脚步,向我伸出手。海莲娜,她说。然后她报了姓氏。我握住她的手。阿尔维·杨森,我说。这我知道,她说。没错,我说,你的确知道。她笑了。我们又开始走。能问问你现在有没有在写作吗?她问。我心想,她要知道这个干什么。通常情况下我会回答,大概有,大概没有,到时候就知道了，或某些类似的话，但现在我却说，写呀，我开始写新书了。小说，爱情小说。爱情小说，她说，听上去不错，但结局会像其他几本书一样悲伤吗？完全有这种可能，我说。还能有什么样的结局，其他的我都不会。这话还挺难接的，她还能说什么呢。至少这是我想出来的。我现在写的完全是另一本小说。

我们上到平地，在礼拜堂和停车场之间站住脚。她又向我伸出手，我们又握了握手，她的手很干、很温暖，丝毫不给人内敛的感觉。我说，很高兴和你说说话。我也很高兴，她说，如果环境再明快一点就更好了。很期待读你的下一本书。别期待得太早，我说，还深深藏在我肚子里呢，或许永远写不完。她又笑了，说，这话你之前肯定说过很多次了。这次我没有马上回答，可能有点蒙，对她来说很容易看出来。哎呀，她说，这话可能不该说，拜托，别生气，我多管闲事了。但她既没有脸红也没有结巴，还是那么平静。但你说得对，我说，这话我是说过很多次，我经常这么说，也不知道是为什么，目前为止还都挺好的。是挺好的，她说，那还用说。你千万别难过，她说。我回答，我没有难过，但又加了一句，这不是真的，我经常难过。心里却想，为什么要跟她说那么私密的事。很遗憾，她说，你会有这样的感觉。是呀，我说，我也这么觉得，然后我说，你是个非常平静的人，是不是？她可能正打算离开，我觉得能从她的肩膀看出来,尽管她还没有转身,但我也可能是错的。大概是吧,她说,然后她笑着说,但你不是。我不是,我说。我从来都不平静。听上去挺累人的,她说。是呀,我说,是很累人。或许你能找人谈谈,她说。这倒是提醒了我,是可以,但我知道自己会坐在那儿一言不发,所以这是不可能发生的事。没用的,我说。没有吗?她说。没有,我说,顺其自然吧。好吧,她说,顺其自然吧。她几乎流露出告别的眼神,但我不想让她走。我试着找些可以留下她的话,她可能犹豫了一下,站在那里等着,但我什么都想不出来,于是她只是笑了笑。那就再见吧,她说,祝你好运,然后她就转身走了。

我站在原地。让她先朝停着的几辆车走去。她在我的车边停下,我还以为她朝我的车前座里望了望,但她自己的车就停在旁边,一辆黑色的马自达,比我那辆香槟色的稍微新一点。她不可能知道另一辆是我的。她坐进车里,我听到发动机发动的声音,就在这时候我奔跑起来,看上去肯定很夸张,胳肢窝里夹着包,正当她打弯穿过两块标记出口的石头,准备上那条把格鲁吕谷两边山岭连起来的大路时,她从后视镜里看到了我,停下车,我也慢下脚步,非常平静地走过最后几步路到她跟前,但我的呼吸有些急促。她摇下车窗。嘿,我说。嘿,她说。她在微笑。你结婚了吗?我问。没有,她说,但我订婚了。现在还有人这么说吗?但我觉得她话还没说完,她在犹豫,于是我什么都没有说。我还是等等。她也等着,然后她说,你记得我的名字吗?海莲娜,我说,然后我还说出了她的姓。我就叫这个名字,她说,电话簿上能查到。谢谢,我说。我穿过车窗向她伸出手,她笑起来,接过我的手,这让我显得很傻,但那又怎么样呢。

她摇上车窗开车离开,我回到自己的车旁,坐进去,在方向盘后面坐了一会儿没有动。还能在我的手心里感受到她的手。我心想,会是她吗?我也不确定。我以为会更容易一些,应该可以一眼看出来、感觉出来,就像肚子上挨了一拳,跟本泽大桥上图丽给我的那拳应该差不多,但意义相反。但没有什么是容易的,必须做出选择,必须做出决定。

第十七章

可能是二月，那样的话就是下半月的一天，城里和港口一整天都彩旗飘扬。反正圣诞已经过去很久，而且不是一月。天很亮，很久没有那么亮了，刮着风，田野里还有积雪，但峡湾边没有，积起来的雪也都化了。我坐在公交车的最后一排，怀里捧着我的皮包，从比约尔森去市中心，心里充满期待，但并非兴高采烈。我心想，过去的几个月里、半年里怎么也应该有过那么几天好日子，让我觉得无论如何都能对身处的现状感到满足，要不就是以坚忍的平和逆来顺受。或许今天就是那么一天，只是我已经不知道该如何衡量它们，用什么尺度来衡量，拿哪些日子作对比。但我最近都不常见到姑娘们了。如果要对比的话，这也是不争的事实。这肯定很沉重，除此之外我无法有别的理解。我感觉不到平静。

我打开皮包的翻盖，拿出那天我带的书。打开书读到第一行：我出生于 1908 年 1 月 9 日凌晨四点，在一间摆满白色家具、窗对着哈斯拜耶大道的房间里。

从图书馆把它扛回家的时候我才十七岁，之后就再也没有还回去。让我着迷的是她的名字。从来没听说过有任何别人叫这个名字。她几乎花了整整一卷书才与萨特相遇，但我觉得这没关系，这就是必经之路，我感兴趣的是她，她向我张开伸出的手说，来吧，怀特维特的阿尔维·杨森，跟我去巴黎，穿过所有边境，穿越时间，让我们一起沿着塞纳河漫步，一起去雅克布路，继续走到圣日尔曼大道，你得见见花神咖啡馆里我的朋友们。她把我从男生房里接了出来，去了欧洲大陆，给我一种强烈的感觉，一种在大生命中醉生梦死的感觉，但也让我感到孤独，因为知道我无法告诉任何人，二十年后的今天我坐到了红色大巴后排的老座位上，在膝盖上翻开着西蒙娜·德·波伏娃自传第一卷的瑞典语译本，心里想着其实我从来无法和任何人谈论这本书或是任何我读过的书，但这也是我所期待的，最终甚至都不会想这种可能性是否会有任何意义。

公交车驶下悦兰大街，伊拉和伊拉谷在路易森卑尔格医院之后长长的山坡左侧，亚历山大·谢朗广场的十字路口上方的绿浪中，车继续沿着同样在左侧的剪刀形公园，再向下一个街区行驶，别勒郭大街的拐角处就是卡莉姨妈咖啡馆旧址——其实并不叫卡莉姨妈咖啡馆，有个别的名字，我不记得是什么了，可能就叫咖啡馆——现在已经倒闭，没人还记得它，但战后我母亲在那儿做了好多年服务员，她的姨妈叫卡莉。母亲从哥本哈根和斯德哥尔摩来奥斯陆找工作，离开儿时生活成长的城市寻求自由。她身穿白色围裙和亮黑色布料缝制的及膝短裙，为茶座里的客人提供午餐和晚餐，端咖啡、送丹麦面包圈，脸上总是挂着神秘的微笑，爱打趣的友好态度让很多人不习惯，一种北日德兰的母性，尽管当时她还很年轻。从最外侧的茶座很容易看到窗外，透过树木，斜穿公园，可以一直看到对面玛丽达尔路和阿克尔河之间犹太人兄弟萨洛蒙的鞋厂，就在桑纳桥下，我父亲站在厂里的一台机器旁，还没去遇上自己未来新娘的咖啡馆犒劳自己一顿晚饭。出去吃饭这件事在我的浸信会家族中闻所未闻，简直算是狂妄的边缘。但现在透过车窗我几乎能看见他第一次缓步穿过公园里的树木，披着有些单薄的冬日风衣，戴着羊毛手套，胳膊下夹着那个双挎皮包，和四十年后坐在红色大巴里的我怀里抱着的一模一样，但那天挎着包的是他，在去卡莉姨妈的路上，现在说的是1948年的11月，二战结束三年之后，不到一年时间里我的长兄就会出生，让大多数人大跌眼镜，之后才有了他们的婚姻。他们都已经成年，我的父母，远不止成年，但我觉得那次小小的交媾之后，那短暂的一夜居然造出了个孩子，这仍然让他们大吃一惊，反正不是计划中的事。他们如此不同，生活在不同的世界，来自不同的文化，不只是国籍，这两种文化永远不可能相遇并创造出什么共同的东西、共同的空间，他们也从来没有这么做，他们总是在各自分开的轨道上。

我放下书抬起头，上方的车顶隆隆作响，二月天，不下雪反而下雨，在拐过弗雷登堡的时候雨突然瓢泼而至。暴雨，如飘荡着的沉重雨帘，为公共汽车的车窗落下帷幕，第一幕告一段落，在布景背后候场至今的新戏即将上演。下吧下吧，我心想，低头继续看书，不想在西蒙娜刚在大学里取得第二名的好成绩时离开书本，但我还是很不情愿地这么做了。再次看向窗外的马路，现在是豪斯曼大街了。公交车穿过几乎涣散的空气经过22号，巨石般凝重的浸信会教堂，我父亲经常趁星期日坐电车从沃勒茵到这里来，带着他的兄弟，总共四人，但其中没有本雅明——第五个也是最小的，因为他十岁那年就死于肺结核——也没有带他的姐妹爱思特和茹特，她们还活着，但他们还是会坐电车来这里聆听浸信会版上帝的教诲，与熟识的年轻人相会，礼拜之后他们会聚集在台阶上计划去山区徒步旅行，骑车朝西穿越高原和深邃的峡湾，包里装着拳击手套，上面绣着挪威国旗。但电车从沃勒茵开到这里的日子已经是陈年往事，现在已经很少有人知道这条线路，但从我坐着的最后一排座位，能轻易地想象出沉重的蓝车从高格伯格哐啷哐啷地沿轨道上坡，经过一所学校和斯卓姆路拐角的小加油站，继续向上穿过沃勒茵大道驶向艾特斯塔的电车轨道分岔口，基本都是俯视视角，就是我三岁左右几乎是挂在窗框上从5号楼的三楼向下看的视角，直到后来搬去怀特维特。但现在我坐的公交车正冒雨经过雅克布教堂和那些高耸宽博的枫树，转进斯多尔大街，经过寇迪尔客栈，继续穿过父亲住的城市中最著名的那一片区域。

我把书签插进正确的位置，把波伏娃放进包里，收紧我用来固定那块旧皮翻盖的老皮带，把包夹在胳膊下从座位上站起身。父亲也是这么夹包的，夹在胳肢窝下，他上班的每一天，两班倒或是三班倒。现在带着他的包很合适，因为他已经去世了。他活着的时候我是绝对不会碰他的包的，哪怕是很像的包我都会敬而远之。后来他去世了，但他不是独自离世的。我也不知道这有什么含义，不知道在他离世前一刻这对他有什么意义，他们是一起死的，四个人一起，不知道他们得知即将发生什么的时候有没有握住彼此的手，也不知道这对我来说有什么意义。会有什么意义。谁敢给它赋予意义，除了发生的一切都已经发生。没有哪个神父敢这么做，没有哪个商务部部长敢这么做。它已经带着自己沉重的无意义自我封存，我或任何人都无法企及。但现在，将近两年后，我经常会从柜子里拿出父亲的包来，在里面装满我喜欢的书、笔袋和纸，还有写满了悲伤的字句、封面上贴着"拒绝核武器"字条的、我年轻时用的笔记本，我把它夹在胳膊下，来纪念他其实有过扎扎实实的一生。他总是一个很沉默的人，在别人的喧嚣中我的父亲很容易被遗忘。

第十八章

那是其中的一个夜晚。我在火车站边下公交车。脚才刚沾到人行道，雨就停了，但后来我去了哪儿，我在哪儿喝的第一杯啤酒，有没有和谁说过话，这些我就记不起来了。话肯定是说过的，我也不记得自己怎么会到那种地方，到底是怎么去的，是不是有人请我去的——可能性很小——但我意外地发现自己在一个非洲人的聚会上，还有非洲人的同伴。我不是非洲人，我也没有跟谁一起去。反正我是记不起来了，我到那个聚会上不久，我想应该不久，先去的不是那儿，但经过已经模糊。我记得问了厕所怎么走。一个非洲人把手搭在我肩膀上，就好像我是他的小弟，可能真的就是，他人高马大，让我觉得筋疲力尽，并且我缺个兄弟，尽管其实我还剩一个。我肯定是忘了。那个非洲人用沉重的身体和手压着我并为我指路，还挺远，场地好像非常大。回来的时候包仍然夹在我的胳肢窝里，感觉经历了一场探险。我有些头晕，一个不是非洲人的女人拉住我的手带我离开会场，并把我塞进一辆谁打电话喊来的出租车。我以为自己是被赶出来的，因为我的肤色不够黑，我大声说了出来以表示抗议，但她也坐进了车里。在同一街区开出一段路后她让司机停下来等，然后下车穿过马路，穿过电车轨道，她的头发映射着一盏路灯的灯光，红木褐色，我驼背的外公会这么说。他本就是家具木工出身，知道一些木材以及它们的颜色和细微的差别，现在他已经去世了，没过多少年，其实有点令人难过。他一生没说过多少话，至少我没听到多少，他的声音也不是很容易让人记住，哪怕是他活着的时候，但没有他以后我感觉世界不一样了，就像什么特别重要的东西消失了，我很想念他，还有他的木工房，在那个北日德兰小镇的丹麦大街上离牛奶店几百米远的地方。我小时候觉得他的木工房金光闪闪、无边无际，里面有链锯的尖叫，电钻温柔的呻吟，工作台两边都有旋转的木屑从开瓶器一样的钻头飞向地板，所有木材都堆在墙上一排排的角钢上，所有木线脚、旧工具、镜框、柜子、橱，都在他手上成形，他落葬的那个晚上大家喝着葬礼啤酒，吃着点心面包，母亲开始哭了起来，在全家人面前重重地捶桌子，谁都没想到她会说，他是个顽固的浑蛋。

这我并没有注意到。他对我并不这样。

在大街的另一边，她走进开在老房子拐角处的一家可以赌马的小店，就在比斯莱特体育场正对面。她没走开多久，几分钟，就又顶着路灯的灯光回来了，头发还是红木褐色，透过车窗我第一次看清她的脸，她并没有意识到我看得见她，专注的神情让我有些感动。她的背有一点点驼，或者是肩膀的问题，人有些前倾，站不稳，她努力保持平衡，这给她一种更专注的神情。她飞快地张望一下左右，然后跨过电车轨道，重新坐回我身边的座位上时，从风衣口袋里拿出一个扁平的小盒子放到我手上。是一盒避孕套，黑杰克牌，绿色的避孕套。他们只有这个，她说，希望能用。能用，我说。她向前靠着前座中间的缝隙说，你可以开了，司机挂上挡继续沿街下行，肯定是皮勒巷，我好像在哪块路牌上看见了。但事实上灯光昏暗得难以辨别，其实并没有什么灯光，因为街道的柏油路上飘着一层奇怪的雾气，抹去了大部分路牌、橱窗和车站，甚至连房屋墙壁的颜色都涣散了。穿过城市的路上都是那种同样的潮湿灰色，梦境般，摇曳而沉默，于是我闭上眼睛。很可能我睡了一会儿，但我的神志已经回来了，我敢肯定她没有注意到这一点。

然后我们下了出租车，她付了车费，在一条我敢肯定自己叫得出名字的街上，走进又一座老房子的门廊。她牵住我的手，又开始带着我走。其实没有必要，我很乐意跟从，也没那么醉了，脚步不乱，像电线杆一样直挺挺地走过后院，走进一扇门到一处走廊，走到走廊尽头，又穿过一扇门走进最里面一间小小的宿舍，房子的最深处，小区的心脏，一张搭得高高的床，高得不寻常，就像没有底层的双层床，只是更高，为她所拥有的东西腾出一块空间，其中有一张沙发。

但活儿没有干成。我喜欢她，我觉得她各方面都很漂亮，真心话。她还很亲切，很善良，很容易看出来，我还挺需要这样的人，需要有人善待我，把我包装好收藏起来，把我放口袋里，到哪儿都带着，不管是去串门还是出远门，或是去海边吹海风。已经很久没人善待我了，可能除了永达尔太太，这样的生活不健康。可能有人试过，但我还没弄清缘由就阻止了她们，但我觉得这不可能。

什么都没有发生。我的身体对发生的一切毫无反应。这是种奇怪的感觉，感觉她的手触摸我的皮肤，我却无法做出回应，这很让人绝望，让我觉得躺在那儿很为难，她却说，别担心，都是你想出来的，不会有后果的，她用标准的英语说，但是我敢肯定会有后果，因为她现在趴着而不是像刚才那样仰天躺着，我无法清楚地看到她的表情，不知道她是否沮丧。我敢肯定她很沮丧，是她花钱买了避孕套，我却无法打出最大的那张牌来，不表示一下显得很无情，于是我说，你很可能是对的，这跟我的生活有关，就像现在这样，尽管她根本没有说过这样的话。我透不过气来，你明白吗？我说，那样就更无济于事了。你透不过气来吗？她说，在我这里也不行吗？我说，是的，但那不是你的错。这下她担心起来，这是母性本能，随时可能发作，完全出乎意料。她用胳膊肘撑起身子看着我，她哭过，但已经不哭了。你透不过气来吗？她说，是得了慢阻肺吗？我说，可能有点像，但我其实是喘气的，不然我就死了，我是透不过气，明白吗？不是一回事吗？她说。不是，不完全是，我说。她说，对我来说听起来没区别。这样就很容易让人觉得她有点，怎么说呢，不能说傻，但她问我的话都有点幼稚，但并不是她幼稚，她只是屈尊到我的水平。不一样，我说，不完全一样。大概吧，她说，但反正是在这儿，她说，是在这里发生的，说着轻轻戳戳额头。她很可能是对的，但当时对我来说感觉并非如此，不像是那儿出了问题。然后她笑起来，说，过来，并转过身背对着我，掀起被子，我紧挨着她睡下，她很温暖，暖流穿过我，噢，主呀，我想，天堂的主，她好温暖，她放下被子盖住我们两个人，我的胸口贴着她的后背，她立刻就睡着了，我也睡着了。

我醒来的时候她还在睡。我立刻意识到自己在哪儿。我睡在一块飘浮的波斯地毯上，紧贴着屋顶，我敢肯定这里是奥斯陆市中心诺达尔·布伦大街的一间出租公寓的深处。紧紧地贴着我并和我一起飘浮在空中的陌生身体对这张床并不陌生，床离地面两米多高，悬着一架陡峭的梯子，枕边的栏杆旁放着一包没拆封的黑杰克，绿色的避孕套。然后她也醒了过来，我的肚子感觉到她的身体突然绷紧，屏住呼吸，然后又松软下来，我在想她知不知道背后裸身紧贴着她的人是谁，不知道她记不记得，这时她头也不回地说，嘿。我也说，嘿。我不知道你叫什么名字,她说。我听到她的口音,不像我这么粗俗。我叫阿尔维,我说。阿尔维,她说。是的,我说,我来自怀特维特。那是哪里?她问。我没有回答,而是说,现在我的身体焕然一新了。你透得过气了吗?她说。我说,是的,透得过气了。然后她慢慢转过身,我为她腾出她需要的地方,没过多久,我们已经颇有进展,我看着欲火灼烧到她的脸上,她的神情不再那么专注,不像昨晚那样,脸是完全柔和的,几乎是顺滑的,双眼紧闭,朱唇轻启,她放开自我并欣然接受,她就这么接受了,我想。她微笑着,但她自己不知道,我看着欲火在她的脸上蔓延,她的呼吸很深,每吸一口气都会更燃起一点,这把我也点燃了,我心想,她投入了,这就是所谓的投入,我还从来没见过,没在任何脸上见过与我身下的这张脸同样的神情,我想,天哪,她居然敢,这很动人,让我很感动,很高兴,也让我很骄傲,因为她接受的是我,同时我也很悲伤,因为我永远做不到,无法如此投入地以这样的神情接受,对处境如我的男人来说不可能。

在我走之前她找出一块弗瑞登伦啤酒厂的啤酒杯垫来,一掰为二,在其中一半的背面写上她的电话号码,让我在另一半上写我的,我照做了,然后我们交换。之后几周内她打过电话来,但我不可能接起电话来回应她,电话我不得不接,不然那几乎是罪恶的,但我无法给她任何回应,所以我也不能给她打电话。我不知道自己该说什么。离开她公寓的那天早晨，我都几乎可以肯定，就是她。但过了几天之后我开始怀疑起来，然后我又肯定起来，不是她。真希望是，但并不是。随后她就放弃了。我感觉像是大松了一口气。并不只是我自己，我想象她其实也是，这样她就不用低声下气，低声下气地对爱情求而不得，这对谁都不好。

但她还是打了最后一通电话。她说，我不是打电话来求你的。我明白了。事已至此，你就是这样的人。为此我也做不了什么。但亲爱的怀特维特来的阿尔维·杨森，我想让你知道一件事。你根本无法想象你自己错过了什么，你真的不知道。这是我突然想到的。对你来说很遗憾，我是这么认为的，但你根本无法想象。

第十九章

三月，月中。至少这是清楚的。图丽离开已经七个月，距船着火已经近两年。将晚时分，道路两旁光秃秃的，开往迪森方向途经的山丘上一片漆黑。在出城的路上，路灯之间、房屋与住宅楼的窗户之间隔着黑暗，但窗户背后能看见亮堂的客厅，闪烁的电视机，明亮的厨房里推杯换盏、笑声盈盈，那天是周六。我看到亮着灯的卧室，飘起来的窗帘，尽管寒冷时节尚未褪去。但也有卧室是黑暗的，在许多卧室昏暗的灯光中传出爱的气息，其余一些则提示着爱的缺失。大多数都是黑暗的，屋内静悄悄的，有人在幸福与安全中好眠，另一些人又点亮了灯，有人从床上起来，穿过房间，把双手的手指插进头发里，为什么本该顺从的时候我却僵硬了起来，为什么我从来无法投入，我错在哪儿，是她错了吗？是吗？不可能，是我，是我，房间里有人大声说。外面很冷，空中飘着雪，至少是下雪的预兆，很容易感觉到，风猛烈起来。尽管月朗星稀。有事要发生。我从辛森出城沿着特隆赫姆路朝格鲁吕开。一出环岛，山坡上就是阿克尔医院，我在那里出生，我父亲在那里等死，母亲也是，后来她死了，父亲也死了，但两个人都不是在医院死去的。坡的最上一排是赛马场。从塔楼上我经常能听到破喇叭里传出讲解员的声音，但从来没见过马，没见过两轮马车，也没见过穿着五颜六色的笔挺衬衣的骑师，直到我自己开始赚钱。父亲从来不去那里。他对马一无所知。

经过伦德的长弯，林德茹的房产依稀可见，一座种植园那么大的白色主楼藏在桦树之间明晃晃的池塘背后，现在都看不到了，不管是池塘还是桦树林，只有主楼零星的灯光，然后怀特维特伴着北欧第一座"购物中心"突然出现在途中右方，轻轨线也在丘陵的右侧，直到在女子监狱前的桥下开到了道路左侧，直奔山岭和牧马场，还有已经不再是农庄的霍特维特农庄，在我小时候那里还是。反正现在已经不见了，也看不到它原来存在的地方，但我还记得那个身穿连体工作服的男人，牛群平和地从草场排队回家。我记得它们是斑斑点点的，棕色和白色，也可能是黑色和白色。我总是远远地望着它们。它们来自另一个年代。现在属于我们，父亲总说。

在格鲁吕，经过讲堂以及奥顿的父亲被安葬的墓园，包里藏着鲁格枪的守林人，憎恶父亲的奥顿，在墓碑之间出人意料地顶着阳光的光斑哭了起来。经过路沿边的墓园，山路向下朝一所高中而去，那儿曾是我的高中，我读了两年，提前一年退学，再也没有回去。褪了色的灰墙，枯萎的野藤，山谷下方沿着铁路线的破旧校舍，黄色的车站建筑，还有亨里克和埃里克长大的星形公寓。我本可以心怀好奇地开到下面去，但还是选择继续朝业勒沃森开，再朝利勒斯特罗姆沿着机场下坡，经过飞机库和展示台上的战斗机，然后是沃尔沃森足球场，再开远一些，越过草原，上桥越过在菲特松湾右侧下方深处奔涌的格罗马河，伐木用的红色小木屋消失在阴影里，桥面上黑色的柏油路面很干却奇怪地闪烁着，像抛过光一般。车身之外没有什么是平静的。一切都在颠簸。桥上沿着栏杆，路灯灯柱上都挂着旗幡，从灯柱顶端的弯折处一直挂到中间，旗幡上这个伐木小镇的钩竿标志衬着绿褐色的底色迎风飘扬，风从北方紧贴深色河流的水面全速吹来，从桥下扬起来，我在高空中的道路上都能感觉到强劲的风力，车身抖颤，但我们仍保持在车道上，而我们也不再是我们。车里没有更多的人，只是我一个人。将近午夜，仍然是今天，即将成为明天。

下桥后我拐进公交车站台背后的加油站，一排旗帜抽打旗杆的地方闪着橙色的光，我停在一座油泵跟前，熄火，坐在方向盘后面朝店里看。我以为这个加油站是通宵营业的，全年无休，但其实是十一点关门。店里没有任何灯光。油箱是满的。我不是来加油的。或许我能睡在这儿，我心想，在洗车厅背后的阴影里。我认识一个人，每次去薛兰的路上她都这么做，但她是白天睡觉，而且只睡半个小时。肯定行不通。路对面就是住宅，大家都在家，现在是周末，我在油泵之间倒了一个U字形又开了出去，开上坡，在十字路口右拐进入22号国道。路牌上写着：缪森48公里。一路都是完全的黑暗，朝南一公里接一公里地开，两边都是黑漆漆的森林，没有路灯，大转弯，急转弯，下到三挡，最糟糕的时候下二挡。西面有些小风吹来，我隐约看到缺口处可能是格罗马河入海处的大湖上方的天空，一片空白，一块膨胀的区域，一种悬于高处的感觉以及随之而来的恐惧。我看不见，但能听到车两边树木之间传来的风的簌簌声，树枝弯曲着，相互推搡着，一切都在动。

对面几乎没有任何车辆，但我不敢就这么拐出去，而是安分地留在车道中央，开着远光灯，余光看到交通护栏上白色的光条，很长一段路完全没有护栏，只有白色的线，有些地方几乎褪了色。我坚持着，在眼睛能看到的有限的视野中，就像琼尼·米歇尔[1]在《郊狼》中唱到的那样，一座白线的监狱。

在一块凹地里升起的长坡上，能看见V字形的最下方的阴影里困着一栋看上去深度冻结的房子，孤零零地拒人于门外。我突然看到一块橙色条纹的路牌指示向左的出路，一条以赫尔

---

[1] 琼尼·米歇尔（1943— ），加拿大传奇音乐家、画家、诗人，被认为是民谣摇滚历史中重要的一部分。——编者注

格·英格斯塔德[1]的探险精神命名的辅路，我在那里急转弯，横跨22号国道进入那条名为文兰路的小路，或许转得有些冲动，动作有点快，车轮在雪地而非砾石路上打滑，但我还是扳正方向并松开油门。从车灯的灯光下能看见陡坡上有一座坍塌的农仓，一栋独立住宅墙外点着一盏灯，仅此一盏。我开了过去。天空已经不再清澈。之前头顶的明朗变成了雾蒙蒙的一片，四面卷起毛边。我沿着一片小湖开，车灯扫过湖面，风在水面上打出泡沫，只有几座房子点着门前灯，随后便消失在视野里。只有森林和黑暗，道路变得更狭窄，我迎着风一直开，直到路边出现一块可以临时停车的空地。我把车开进去并停好，没有熄火，留着车灯。打开车门。身上感觉挺好。没有恐慌。我伸出腿，走到光柱边缘，解决掉不得不解决的问题，回来后放倒后座，在切成形的床垫上铺开被子，转动钥匙熄火，万籁俱寂。打开车后的顶灯，在灯光下脱掉衣服，把一侧的车窗降到一半，钻进被子。关灯。就像睡在船舱里。我躺了一会儿，听着强风扫进山谷，感觉置身于斯卡格拉克海峡的惊涛骇浪中，驶向丹麦，身体感受着在海船上总能感受到的舒适，迎风破浪上下沉浮，一种自由和兴奋，差不多，尽管许多人会认为我现在的感觉应该恰恰相反。我睡着了。

---

[1] 赫尔格·英格斯塔德（1899—2001），挪威探险家，曾与妻子安妮斯汀共同发现维京人营地遗骸。——编者注

醒来的时候四周鸦雀无声。没有风。天并不明亮，但已经亮了一些。我用手肘支起身体。下过雪了。并不大，但也下了好一些。车窗里进了许多雪，头发里有雪。雪已经停了，有些冷，哪怕是在被子里，于是我在半黑中摸索着翻过前座的椅背找到毛衣，套上，又躺进被子里。接着睡。

再次醒来的时候天已经亮了，八点半，对我来说已经很晚了。但感觉不错。翻身趴着，抬起头向外张望。一切都是白色的，白色的杉树，白色的路。路中央站着一匹马。不大，像是冰岛马，只是比例更协调，它的腿和身体衔接得恰如其分。与冰岛的马不同，毛皮是绵软金黄的。从脚印能看出来它曾到过车边，或许还向里张望了一下。现在它一动不动地站在路上，脊背上还有雪，在温暖的毛皮上慢慢融化，白色的气息从鼻孔中均匀地呼出。马身上没有马具，也没戴笼头。我试着非常小心地穿上衣服，不让它因看到我而被吓跑。我穿上裤子，但鞋袜都在翻倒的后座下面。不好拿。于是我尽可能无声地打开其中一扇后门，头朝外拱了出去，光着脚在雪地里站起身。我觉得也没有特别冷。马朝我转过头，但仍站着。我平静地向它走过去。是一匹母马。你好，马儿，我说。你在这里干什么？我平静地说，它没有移动，低鸣一声，摇摇头，看着我走过雪地。我走到它的跟前举起手抚摸它的下巴，它很喜欢，伸长了脖子，于是我沿着脖子抚摸了好几下。我把手放到被融雪打湿的马背上，额头顶着它的肩膀，先是轻轻地，然后把我的整个重量靠了上去。如果它走开我会摔倒，但它留在原地。鼻子抵着皮毛，我开始哭了起来，因为这是一匹令人同情的绒毛马，我想，我们有很多共同点，它和我，孑然一身、毫无羁绊地出现在这个山谷里。我又哭了一会儿，然后大声说，够了。然后停了下来。我站直身子，抚摩着马的身侧，说，谢谢你，你是一匹好马，说这话的时候我脸红了，脸颊上能感觉到。很可悲，就像迪士尼电影。但换句话说，没人看到也没人听到，又能有多可悲。这没什么。

这时我突然感到脚上冰凉刺骨。我把手从马背上滑下来，转过身在雪地上一瘸一拐地回到车边，打开后门，从后座下找出鞋袜来，坐在座位上穿好。我抬起头。它跟着我过来了。我的脚冻坏了，我说。我像是在等待一句可以听懂的回答。可能得到的并不是回答，但它一直走到跟前，低下头，用额头几乎把我顶回车里，退后一步，接着再顶，不重，但很坚决。搞什么呀，我心想，这算什么，我又想，它是不是想要什么东西。或许它是饿了，下过雪找吃的不容易，什么绿色的都看不见。等等，我说。我绕车一周，打开副驾驶的门，从包里拿出我的早餐饭盒来，再绕回去，打开，拿出面包片来喂它。它接住，扔到眼前的雪地上，再捡起来吃。马喜欢吃花生酱。我又拿了一片面包，向后靠在座位上腿伸在车外坐着，就这样我们共进早餐。

周围渐渐温暖起来，从雪地里和马背上升起了雾气，可怕的是，离车只有几步远的地方是高高的悬崖，下面是一片狭长阴暗的水塘，我昨晚没有注意。透过快速浓厚起来的雾气还能将将看见一点，但很快水面就完全藏了起来。得回家了，我心想，天亮了，这里很好，还有一匹好马，但我得回家了。

我穿上外套，对那匹金黄色的马说，我得走了，你也是，回家去吧，挪威没有野马，你不能独自待在这里，你是群居动物，明白吗，我不是你的马群。我稍用力地拍拍它的大腿，喊，驾！想让它走起来，有点像西部片里把马从树上解下来时那样。它走了两步，又停下来，站在几米远的路上。我坐回车里，点火发动，小心翼翼地从悬崖边开回路上，在雪地上转了个半圆。马就站在车跟前，不愿意挪窝。我慢慢地朝它开过去，轻轻用保险杠撞它，它很不情愿地一点一点移动。终于开出山谷的时候我能从后视镜里看到它还站在那里，在白雾中闪着黄光。

第二十章

我坐在车里，车停在阿尔法赛公墓礼拜堂背后的停车场。那个情妇已经开车走了。海莲娜。我的大脑突然一片空白。看看时间，那天时间展开的方式很奇怪，延展得很漫长，时间是有弹性的，几乎可以容纳一切。我还有多余的时间。旋转点火器上的钥匙，开到路上，马上连下两座桥，先是铁路桥，然后是东阿克尔路下方的桥，没有朝任何一边打弯，而是直接上了怀特维特路，经过学校，看上去与我上学时没两样，继续向上，停到轻轨站正下方的保龄球馆跟前，下车走上小坡，进购物中心的上层，经过我小时候那家名为"残疾人"的小店。在我看来柜台背后的男人看上去没什么问题，但我也从来没在柜台之外的地方见过他。什么都有可能。小店还开着，但也就这一家开着。今天是星期天。

在裸体的喂鸽女子雕像跟前我遇到了马格纳，他坐在长凳上抽烟，我已经二十年没见过他了，自从我搬家之后就再没见过，但我一下子就把他认了出来。你好，马格纳，我说。阿尔维,他说着微笑起来,好久不见呀。他站起身,比之前更圆了一点,但穿得很帅气。他二十年前时就是这样。他有一位来自芬马克的母亲和一位来自卑尔根的父亲,口音能听出来。他们大概都还健在,我的父母已经都不在了,但他没提这茬,这让我挺感激的。他看到我好像还挺高兴,我们在国民小学上同一个班,他总是坐最后排,并不是因为远视眼,而是因为他想靠墙坐。我们握了握手。你也是来老猎场猎艳的?我说,言语轻浮,但我其实并不是为此而来的。不是,我住这儿,他说,我三年前就搬回来了,其实我一直很怀念怀特维特来着。哎哟,真的呀。是呀,他说。你不是吗?不是,我说。也不能这么说,某种程度上是吧。我还挺怀念雪橇车的,但也不能为了这个搬回来呀,我还挺怀念英格尔·约翰妮的,说老实话,我还挺怀念她的。马格纳说,你是说班里的那个,翰妮[1],坐最前排靠门的那个?是呀,我说。但她是坐讲台旁边的呀,坐门边的是约伊文。没错,你可能是对的,我去,阿尔维,翰妮可是戴眼镜的呀,马格纳说。那又怎么样,我说。没怎么样,你可能是对的。她是有点意思,马格纳说,不过是什么呢?是她的嘴,我说。嘴怎么了?我也不知道,我说。但肯定是嘴。马格纳用两根手指蹭蹭嘴唇,然后点点头,嘴好看,他说,但对你来说肯定比对我更重要。那应该是真的。对谁来说又能比对我更重要

---

[1] 约翰妮的昵称。——编者注

呢。没谁了。有时候她能那么生气，我说。你说得没错，马格纳说。他笑了起来。给我递上一支烟。带过滤嘴的"王子"。除了我的派对烟"蓝色大师"，不带过滤嘴的，其实我不太爱抽成品烟，但我还是道了谢，折掉过滤嘴把烟塞进嘴里，他用火柴为我点火，就像20世纪40年代的黑白电影里那样，我们以前都是这么干的。我把烟抽进去再任其慢慢渗出来。挺好抽的。"王子"算是很冲的烟。搬回来以后感觉怎么样？我问，找到你想要找的了吗？他这下笑不出来了。你知道吗，他说，我已经不记得我那时候过得有多惨了，简直蠢到绝望，这我怎么可以忘掉，每天我都不敢去学校，说得夸张一点，我沿着童年的小径来回走，那么多小径上有那么多回忆，就他妈找不到几米让我开心的路。

他想诗意一些，道出的却是实情。我也记得，他们怎么都不肯放过他。我不是其中一个，但我也不是保护他的人。你还不错的，他说。可能吧，我说。我们沉默了，他不说话，我也不说话，然后我说，你怎么会忘记呢。但其实这并不是个问句，他说，我怎么会忘记呢。这其实也并不是个回答。现在我只想离开，别无他求，但公寓很难卖。你搬回河狸路了吗？我问。是呀，他说，同一幢楼，我住的公寓离我长大的那户就隔两个门。毫无意义。狗窝一个。这我并不同意。在搬去我那片儿和亚布拉罕森同住之前，奥顿就住马格纳楼上，我很喜欢奥顿家。

我喜欢穿过那长长的"新新"¹阳台走到尽头，按奥顿家的门铃，钢丝网护栏，成排入户门，就像监狱。我喜欢他母亲播放的歌剧唱片，但我绝不会放。我也喜欢他的邻居们，就像喜欢我的邻居们一样，怀特维特住的是同一类人，都是混凝土模具工、泥瓦匠、建筑工，还有海员、卡车司机、白铁匠、水管工、文员和两三个老师，其实还有一个医生，跟我住同一栋楼，但他搬家了。沿街住过一个记者，还有一个什么男护工，一个穿短丝袜的神职人员，尽管他是男的。那儿还住着好几个民族团结党²的老党员，当然都是些例外，我知道他们都是什么人。但共产党员更多。我怎么会不喜欢他们呢，他们和我一样，我父亲是工厂的工人，我母亲也是工厂的工人，我觉得跟他们这些人在一起比在大学里自在，反正后来也没学出个什么名堂。我通过了升学考试。报的是历史方向的基础课程，和来自全国各地操着各种方言的学生一起进了历史系，我们听讲师讲了一堂关于非洲殖民史的简短的介绍课，这也是我们选的主题，讲完课后他说，下次你们最好分一下学习小组。学习小组。我四下望望，都是年轻人，跟我一样，青涩未开，热情饱满，迫不及待地想开始、想继续，基础课程、中等课程，或许还有主修课程，他们在笔记本上记下要买哪些书，他们嬉笑着互相帮助，把书

---

1 指美国著名的新新监狱。
2 二战期间亲纳粹的极右政党。

名拼对。我一个人都不认识。突然想到我不会向教室里的任何人发问,什么是学习小组。我不是这样的人。好吧,我心想,就这样吧。我慢慢退出人群,进入走廊,下楼梯,走出一楼的玻璃门,走过宽阔的铺地广场,一直到电车掉头的交叉路口,坐上第一辆蓝车的最后一排座位,翻过那些山坡下行去往奥斯陆市中心。

一周后我在王子大街的邮局总部找到一份工作,做包裹分类。是份兼职,但我别无所求,只要有钱能买书和吃的就够了。那时候的我比现在瘦多了。

可以回望,马格纳说,可以感怀和想象,但再也回不去了,他说。对我来说这话还挺多此一举的,但也是很容易忘记的事实,我说,你说得没错,毫无疑问,然后决定不往下经过那个红色电话亭和英格尔·约翰妮住过的房子,既然到了怀特维特,我本来很有可能这么做,也可以去坡最下方我长大的那栋有八户人家的住宅楼背面,沿着长长的回廊挨家挨户走一遍,或许会遇到一两个老邻居,和他们聊聊这些年都是怎么过的,艾伦和尤诺怎么样了,杨尼和丽塔怎么样了,还有托尔·埃里克,但他们肯定会提起烧毁的船,这是我不想聊的话题。

我弯下腰在喂鸽女子的底座上掐灭最后一截烟,就像二十年前那样，然后吹掉烟灰，把烟头塞进外套口袋，也像那时候那样。我看看时间。这下突然就没时间了。我说，马格纳，我得走了。希望你尽快卖掉公寓。我握住他的手说，希望过不了多久我们又能见面。肯定见不上吧，马格纳说。谁知道呢，我说，很可能会的。但他是对的，我试着感觉一下这有什么关系，好像没什么关系。这二十年里我不记得自己想起过他哪怕一次，肯定会再次把他忘记，也忘记他的绝望。

第二十一章

看孩子的人住在一栋我很熟悉的住宅楼里，在斯卓门和谢腾东面山丘上的小镇雷灵恩，是东马卡的最外沿。周日从怀特维特这里开过去要二十分钟。

她原本住在托森一套院子里有苹果树的房子，但因为图丽住在这里，她也搬了过来，但她搬过来的时候图丽已经不住在这里了，我们不得不搬走，图丽肯定是忘了告诉她。我知道她是谁，这挺烦的。是美莱特，那个五颜六色的人，曾经还在聚会上吻了我，现在她肯定不记得那个吻也不记得它的味道了，如果不是这样，她肯定是后悔了，甚至自告奋勇地到我比约尔森的家来帮图丽取纸箱子里的锅碗瓢盆，还看见无助的我半裸着躺在沙发上，肯定很解气。但那是一年前。现在我已经脱胎换骨。

我把车停到大楼前给访客预留的停车场。只有一个空着的停车位，其余车辆很可能都不是访客的。几乎总是这样。我转动后视镜直到看见自己的上半张脸，闭上眼睛用手掌在整张脸上揉了好几下，指甲刮着头皮把头发往后捋，再睁开眼还是看不出区别。我把镜子转回去，留在座位上。有点怕，这我得承认，我有点后悔今天早晨在图丽那儿给出的提议。但同时我又很想见姑娘们。夏天我们在丹麦度假屋里共度了一周。第一个晚上我就喝高了。这很蠢，我一个人和她们在一起，很可能出事，但我觉得姑娘们都没注意到。第二天早晨头很疼，但我还是起了个大早，到厨房把威雀瓶里剩下的酒都倒进水池里。那是个一升瓶，是我在船上买的，每次几乎都是不由自主，但这样行不通，我做不到，只好让那些昂贵的液体流淌在下水道里，也并不可惜，因为这么做是对的，我感到了轻松，不会再有问题。我快要给空瓶拧上盖子的时候，维迪丝从她们三人同睡的卧房里走出来，那时候她们周末还来我在比约尔森的家的时候也是睡一屋的。她一眼就看出我在干什么，但什么也没说，视线从酒瓶上抬起来，遇到我的目光时她点点头，就在那一刻，那一瞬间，她凌驾于我之上，她比我成熟，具备我所不具备的远见和洞察力。这不可能，肯定不可能，她还不到十三岁，但羞愧和自卑感还是涌上我心头。那周剩下的日子都很好，想不出有更好的日子来，维迪丝又成了孩子。从那以后，我就再也没见过她们中的任何一个。

我下车走过草坪，最近的路线上经年累月已经走出了小径，同一条路也曾是我回家的路，那两年走过许多遍，走进那栋楼的入口，经过一楼那套曾经属于图丽也属于我的公寓门口。后来我们搬回了比约尔森。因为我坚持要求。我在这儿住不下去，也不想住下去。

我走上楼梯到二楼，在右手门边停下脚步，门牌上只写了一个名字。或者说，曾经写过两个，但另一个名字，丈夫的名字，后来刮掉了，至少是想刮掉，看上去用了个钉子，或是螺丝刀。我不知道那个丈夫是谁。站在那里，我有些犹豫，想到一些蠢事，于是我半出声地对自己说去他妈的，就直接按了门铃。

里面马上就有人跑了过来，我听到飞快的脚步声和一声轻快的笑，门开了，是图娜。她挂在门把手上跟着门荡了出来，吃惊地在门槛外站住脚，是你来了呀，爸爸，她说，红着脸喘着粗气。是呀，是我，我说。啊，她说，维迪丝，她回头喊，是爸爸来了！但第一个出现的不是维迪丝，而是图丽的朋友，美莱特，顶着男孩发型，摩托车手发型，但现在头发长了，都快垂到肩膀了，比我上次见到她的时候更长，甚至换了个颜色。我觉得发型很奇怪，像假头套，让她显得不那么年轻了。她看上去一脸的不乐意。是你呀，她说。是我，我说。我又不能否认。知道是你我不会让图娜来开门的。是吗？我说。应该是图丽来接姑娘们的呀，她说，我们说好的，不应该是你来接。大概吧，但现在是我来了。我觉得这行不通，她说。我说，行得通，通得很。然后维迪丝就出来了，最后是蒂娜，探出头来说，嘿，爸爸。嘿，蒂娜，我说。我们现在就走吗？她说。我说，是呀，现在就走。完美，她说。我忍不住笑了。太好了！我说，还有维迪丝，你们快穿衣服吧，然后我们走。好的，爸爸，她说。她看上去很高兴见到我。于是她从敞开的门对面墙上的挂钩上把她们三人的衣服都取了下来，三个人一分，开始各自穿衣服。我觉得这肯定行不通，美莱特说。维迪丝，她说，请你把衣服脱下来挂好，我们等你们的妈妈来。她不会来了，我说。别开玩笑了，美莱特说，她很快就会来的，为什么不会来？她就是不会来了，我说，相信我。维迪丝手里拿着外套看看我，又看看美莱特，再看看我，我微笑着点点头，她也笑了，美莱特说，把外套挂回去，维迪丝，马上。但维迪丝转过身穿上外套开始拉拉链，现在她低头看着地板，她说，你管不了我。你管不了蒂娜，管不了图娜，也管不了我，我们跟爸爸走。你们绝对不能，美莱特说，明白吗？我们要等你妈妈来。她想把外套从维迪丝身上脱下来，伸手拉住一个袖子，用力一拉，但拉链已经拉到了脖子，维迪丝一个跟跄便高高地摔下来，在左肩着地砸到锃亮的木地板上之前，我看到她紧闭的眼睛和紧抿的双唇，浅色的头发像翅膀一样盖住她的脸并蔓延到两侧的地板上，呈扇形在木地板上散开。这一跤摔得肯定很疼，但她没有哭，而是抿紧双唇慢慢地站了起来，眼睛仍然盯着地板。蒂娜的裤子穿到膝盖，僵直地站在那儿，图娜的头刚钻进毛衣，她们肯定在想，现在会发生什么事，什么事都会发生。我正要进门厅把维迪丝从地上扶起来,但还是晚了一步,她已经站起来了,双拳紧握,双眼紧闭,使出十二岁少女可以驾驭的全部力气,狠狠地打了美莱特一拳,正中肋骨下方,据说那儿是肾脏的位置。美莱特跳了起来,但让她失去平衡的是胜于那一拳的惊吓,她张开嘴想说什么,但为了不后仰倒下,不得不用一只手拉住衣架,在单膝跪倒在地之前,另一只手猛地挥了出去,击中了维迪丝的脖子,维迪丝又摔了下来,这次眼泪开始流淌,但她没有发出任何声音。此时此刻,我怜悯起美莱特来,她永远不可能忘记这一天,每次回想起来,她都会感觉到腹中的不适,并想起这是她最后一次见到自己的朋友图丽的女儿们,或许也是最后一次见到图丽本人,从此以后她将全都怪罪于我。这对我来说并没有什么,但对她来说已经没了回头路,她背后只有一座烧毁的桥。

我飞快地闯进门厅扶起维迪丝,像以前一样把她搂在怀里,她比上次我们在哈德兰的山丘上驰骋时瘦了很多,但近半年里我一直在健身,哪怕脱了衣服也还能看。现在我把她从地板上高高举起,让她双脚着地,在她耳边小声说,没事的,维迪丝。她也小声回应,好的,爸爸,没事的。她用手背擦干眼泪,眼睛下一片苍白。你的包拿好了吗?我说。包在门背后,她说。那你拿好包到楼道那儿等我,我说,她照我说的做了,拿起包走到楼道上,靠着栏杆等着。我捧起她妹妹们的衣服和小包,就在我身边，美莱特从跪姿站了起来，这时我很大声地说，我走之前你别给我站起来！她乖乖地又跪下了。这我没有想到。她跟我一样失魂落魄，然后她双手捧着脸哭了起来，为什么不呢，我心想。一手牵一个小姑娘，我跨过门槛穿过敞开的大门，就在这个时候过道对面的邻居从自己家门里走出来，直直地站在那里，举着钥匙，就像在向我展示那有多稀有多值钱，我以前认识他，他叫乌拉森，我是从门牌上看到的。我住这儿的时候他不住这儿。我打了招呼，他也打招呼说，你好，杨森，周日好，好久不见。我说，谢谢，你也是。你怎么知道我叫什么名字，我都不知道你叫什么名字，我说。现在才知道，他说。欸，我看报纸呀。哦，是呀，我都忘了。我总是忘掉。都挺好的吧，他说。挺好的，我说，这时我们突然听到美莱特喊：乌拉森，他绑架儿童，你快阻止他，快报警。乌拉森和我四目相对，是你干的吗？他问。我摇摇头，没有啊，我说。他看着我的眼睛大声说，据我所知，美莱特，这些都是杨森的女儿。不是你的女儿，然后他锁上自己家的门，冲我点点头，平静地下楼去了。美莱特还跪在地上哭。我飞起一脚把她家的门踹回门框。

第二十二章

我把姑娘们从雷灵恩镇的高楼里接出来，开车把她们送到谢斯莫镇谢腾区的排屋。姑娘们的情绪有点激动，但总的来说状态挺好。维迪丝的肩膀和脖子肯定还有感觉，但她没有提一个字。到了斯卓门火车站，我们把车停到铁路桥后的停车场。我们沉默地坐在车里，在车站建筑背后高大的树下以各自不均匀的节奏喘着气，就像我们都跑了步，但每个人跑的距离不同。然后我说，维迪丝，差不多可以由你来决定我们要不要把这事告诉妈妈，就是在美莱特家发生的事。后座很安静，三个人一起坐在那儿看窗外。维迪丝坐在中间，但说不要的是蒂娜，然后图娜也说不要，维迪丝什么都没说。她比两个小的有远见得多，肯定在考虑一句"不要"在下一个交叉口会遇到的问题，但最后她还是说，不要，这会让妈妈很为难。同意，我说。我转起点火器上的钥匙，启动发动机，这时维迪丝却说，爸爸，你有零钱吗？她看向背后的车窗，我看着她看的方向，沿辅路的灌木丛边有个电话亭。我熄灭发动机。从口袋里找出几枚硬币，以前口袋里总会装些零钱，现在换成了装着信用卡的卡包，我把硬币放到她手上,她下车走向电话亭。她踮起脚把硬币塞进投币机,双手捧着话筒等,开口说了句话,再等等,然后用力地点了好几下头,就像电话另一边的人可以看到她一样。然后她挂掉电话,打开沉重的门回车上,翻过蒂娜坐好。都好吗?我问。都好,维迪丝说。于是我们慢慢地朝谢腾爬上坡。路不远。

我们在排屋的尽头停车,我跟着她们来到走廊上,停下来帮她们背好包,我说,再见了,姑娘们。她们说,再见,爸爸。维迪丝转过身,她咧开嘴微笑着说,都会好的,爸爸。是的,我说。都会好的。

没等她们走到最后一套公寓,门就开了,图丽走到楼梯口,她的头发还湿着,一定是在维迪丝打过电话后奔去冲了个澡。她说,嘿,姑娘们,你们现在来太好了,完美!她们四个排着队进屋,她"砰"的一声关上门。她看见我了,或许她没看见我。

第二十三章

春天,四月。万物尚未复萌,但能在空气中闻到迹象,哪怕在城市中,沿街也飘荡着蠢蠢欲动的桦树香甜的气息,公园里椴树漫溢着自己的香气,从树干内用力撑着树皮,把树皮撑出一道道裂纹,用手掌触摸城北墓园的石块和大理石碑时都能感觉到温度。我会忍不住去摸。就像石头内蕴藏着什么东西,深深的暖流,并不是地质学意义上的深,而是整体意义上的深,石头的灵性。不久前还只是泥土中水晶般冰冷的"结缔组织",现在却像蒸汽般飘浮在温暖的空气中,这就是奥斯陆,此时此刻的奥斯陆。作家比昂松[1]偏爱四月。我们肩并肩站着。

晚上天还会黑,但黑得更晚,白天更清澈。我上过高地,经过辛森旁的托士胡谷,站在名为"约会"的饭店门口,也可以叫"小约"。饭店在坡顶,我约了个在黄金国电影院门口聊起

---

[1] 比昂斯滕·比昂松(1832—1910),挪威现代戏剧家、诗人、小说家。1903年获诺贝尔文学奖,主要作品为《破产》《主编》等。——编者注

来的女子，当时我刚看完关于拳击手洛奇·巴尔博亚的第五部电影。我们的谈话无关洛奇，也无关拳击，但我总是会去看与拳击相关的电影，尽管上映得不多。我看过德尼罗主演的《愤怒的公牛》和保罗·纽曼主演的《回头是岸》。虽然我自己一直都没有开始，但拳击是我唯一想过要尝试的运动。这肯定是受我父亲影响，他年轻时在拳击台上的身姿，舞动着的健硕身体和红色发髻，在困境中依然自信的微笑，柔软而紧致的鞋拖着长长的鞋带，父亲可以自如地踮着脚摇摆。这都是在我出生前的事。在黑白照片里，我只知道他的头发是红色的，小时候看到的已经不是了。我对第一部电影中的洛奇深有同感，有一种出人意料的新鲜感，一种温暖，超出所有期待，尽管结局显而易见，之后就每况愈下，第五部更是糟糕，让我看得难受，气不打一处来。

但那天晚上我做不到。我无法走进"小约"，只是站在刚被我打开的门边，与过去每次喧嚣吸引我进屋相反，屋内充斥的声音，笑声和角落里嬉笑的歌声，烟气和漫溢的热气，啤酒和廉价食品的味道，这一切形成一道墙，让我无力独自突破，来的时候我总是独自一人，尽管离开的时候并不总是如此。我想继续谈话的女子还没有来。突然担心起自己会认不出她来，但假如闭上眼睛，其实还是可以轻易回想起她，睁开眼她却不在屋里任何地方，我等不下去了。我出来回到人行道上，走上回市中心的漫漫长路，一直走到港口。一个人的时候我总是去那儿，大多数情况下我会沿着从市政厅开始的码头走，经过康特拉谢尔码头公园和城堡崖，那里为一百五十九名殉难者[1]设立的纪念碑在这么多年之后才迟迟竖起，终于落成的那一天，我在人群中顶着寒冷和疲惫听着演讲，挤不出一滴眼泪。

我也经常从另一边出来，从东线火车站——现在已经不叫东线火车站了，在十年前已改称奥斯陆中央车站——经过那座沉重庄严的海港仓库——也不再是海港仓库了，改建成了一栋时髦的办公楼——走到倾斜的维普海岬，在那儿停下站到码头最外沿，在我小时候停满客船的地方，短边的最外端，舷梯不再需要升起，而是直接伸出去，有时甚至稍微下倾，扶手只有一根粗麻绳。只需要向前三四步，就能跨过狭窄而令人作呕的彩虹色水域，上船，身穿制服的男人会面带微笑并鞠躬问候表示欢迎，哪怕你还远不到十二岁，坐船不需要买票。如果你是成年人他会微笑着检查你的护照。我对这些船了如指掌，在每一阶楼梯上跑上又跑下，在每一条走廊上跑进又跑出，跟我的兄弟们一起，哥哥、弟弟、最小的弟弟，那时候大家都还活着。我了解每一寸甲板，知道那条救生船背后的角落可以在紧急的时候藏身。其实从来没出现过紧急的时候，但也并非毫无危

---

[1] 指1990年斯堪的纳维亚之星渡轮纵火事件。

险，我读过《怒海余生》，知道情况会有多糟糕，并且肯定如果我落水了不会有任何渔船来救我，不会像书里的渔船救了那个被宠坏了的上层阶级男孩哈维那样。我不够有钱，我想，这样就失去了救我的意义，至少不够戏剧性，我肯定会淹死。

那天晚上我沿着特隆赫姆路下行，穿过卡尔·伯纳广场，最后穿过卡尔·约翰大街，来到国王大街尽头阿克胡斯城堡边的城墙之间，那里总有女孩沿着墙在阴影中排队等候，车辆迟疑着驶过。不是顾客的我走这条街感觉很奇怪，我也很难想象自己成为其中的一员。我当然没有焦虑，却感到一阵强烈的羞愧，就像墙边的女孩们在参加一场把我排挤在外的秘密聚会。我无法体会她们的感受，无法设身处地地从她们的角度看世界，因为我在外面，而她们在一日万机的真实生活的内部，我与两边都保持距离，经过她们走在马路中央的时候，这种焦虑感让我恶心。

同时很可能其中会有某个和我青梅竹马的女孩，或与别人青梅竹马的女孩，我们冬天曾一起坐雪橇，夏天曾一起徒步周游全国。

我来到码头的时间比之前那几次到达码头的时间要晚得多。已经快半夜了，天很黑，高耸的谷仓塔无形地在低沉的夜里升起，阿克胡斯城堡花园里的春苗也是。现在有点冷，尽管已经是春天。四周鸦雀无声。海员学院魁伟寂静地躺在艾柯白山岭上。你可能会消失在时间里，难以自拔，挣扎抽身而返。

我没有马上看见她，而是站在那儿瞪着所有那些已经在三十多年前就离开这片海港并一去不复返的船，瞪着它们留下的空洞，空空的黑暗，唏嘘着失去的童年。

她躲在一堆齐肩高的欧标托盘背后，脑袋将将从顶端露出来，很像是什么工作人员留在托盘顶端的东西，但很快我就明白那不是。然后我想她是不是那些女孩之一，从国王大街下来，沿着集装箱内侧走到码头，甚至可能正在托盘背后接客，只是我看不到。但这也不是实情，因为她突然从可能已经站了很久的阴影里走了出来，一个人来到埠头上，穿着一件绿色风衣，站在海事大楼昏黄的灯光中。灯照亮了她的脊背和肩膀，但没有照到她的脸。她站在离我十到十二米处的埠头边沿，并没有看见我，而是直视着下方泛着油花的海水，向前倾着让人不安的角度，我毫不迟疑地走上去扶住她的胳膊，把她从海边拉开。她大声惊呼，半转过身用手掌又急又重地打我的脸，这让我也惊呼起来，这我没想到，还挺疼，她很结实，或者很绝望。你放开我，她说。我松开手，说，你他妈想什么呢？她说，你以为我要跳海呀？是呀，我说，看起来像。像吗？像啊，我说，绝对像。她放下手。不想说这个了，她说。好呀，我说，反正又不关我的事。只要你别跳进水里就好，至少别在我跟前跳。

我微笑了一下，但她没有回以微笑，至少我没看到，天很黑。我摸了摸被她打过的脸颊，小心地揉了揉，还有点火辣辣地疼。水也不是很干净，我说，这也算是实话，但她没理会我这糟糕的打趣，而是说，疼不疼？我回答，疼呀，还真疼。对不起，她说。没事，我说，但我出手之前应该打个招呼，对此她说，是呀，应该打个招呼，但还是对不起了，打这么重不是故意的。反正是挺重的，我说。然后沉默一小会儿，她轻笑一声说，那应该是挺重的。你不想说的是什么？我问，让你大半夜还和我一起站在这儿而不是和别人，或是躺在家里的床上睡大觉。她轻轻摇摇头。她不想说。这她已经说过了。那就算了。是不是你男朋友要跟你分手，我说，然后你就很不开心地跑到这里来投海，这样的话他可就爽了，我心想，你这白痴说的什么浑话，她听了肯定很难受。但她并不在意，她说，他一秒钟都不会往心里去的，相信我。我没有任何理由不相信她，于是我说，那他就是个浑蛋，她说，浑蛋对那个男人来说太轻了。对了，我不是说不想说吗，你没听见吗，他跟这件事——跟我站在这儿没有关系。好吧，我说，没有就没有吧。那我就不问了，于是我闭上嘴，然后又说，但还挺难忍住。那你可得忍一忍，她说，不然我就走了。我可没想过她除了走还能干什么，她干吗要留在这儿呢。别走，我说，我们就不能再站一会儿吗？可以呀，她说。

我们几乎肩并肩地站在码头上，低头看着海水，抬头看着主岛以及从对面小船港传来的灯光，左面是邮政大楼的灯光，高高地从几间办公室传出来。感觉不错。我们好一阵都没说话。然后我说，你真的没想过跳下去？她说，我应该为那个白痴跳海吗？我心想，或许不是出于这个原因、那个原因。也不是为了别的谁，她说，如果你真有兴趣的话，于是我突然就有了兴趣。那你现在没有男朋友了？我说，她勉强笑了笑。看上去不像是吗？她说。不像，我说。看上去一点都不像。那你为什么站在这儿？我问，如果不是失恋了的话。那你是因为这个站在这儿的？她问。是呀，我说，不然呢。那你可以跳海呀，她说，我敢肯定她微笑了，但我看不见，因为灯光仍然照着她的肩膀和脊背，这样脸就不清晰了，满是阴影，几乎像是个谜，尽管我们俩站得很近。淹死是所有死法中最惨的，我说。她肯定也同意，但我看不到她的脸，也看不到她的反应，天太黑了。我看不到你的脸，我说，天太黑了，我不知道你长什么样。但她还是站在原地，没有朝灯光转身。我很漂亮，她说。是吗？我说。是的，她说，要我说实话的话。这我没有理由怀疑，但我不知道这有多重要，我其实觉得不重要。你可以吻我，她说。这有些突然，我没有想到她会这么说。好呀，我说，我肯定可以的，我是说，好的，我可以的，绝对可以。我们已经站得很近，她仍然背对着灯光，尽管距离很近，脸还是不清晰，但那是个很不错的吻，很柔软，这让我很感动，不止是感动，我想到所有并不像这样饱满、这样善意、这样开放而无条件的吻，我变了，我心想，吻她很轻松，这让我很不习惯，我并没有全情投入，心里想的是，看起来还会有发展，但我不知道这是不是我想要的，今晚我不知道。但事实是我从来没有全情投入过。我也不知道为什么，但感觉就像如果我这么做的话，陷阱的坠门随时都会开启，现在无论如何都晚了，因为她立刻就注意到我有所保留，我们分开，从彼此的怀里松脱，她松开我的手肘，说，好吧，我们到此为止吧。我说，好吧，到此为止。那就好，她说，然后她沉默了，可能是在等待什么，手臂直直地垂在身边，最后她说，你先走吧，我再等等。我想了想。我也不知道，我说，你先来的，还是你先走。好吧，她说，没关系，那我先走，说完她马上转过身迈开脚步，阴影跟着她，像披肩一样挂在她的肩膀上，抹掉了风衣的绿色，我还是没有看清她的脸，至于漂亮与否，肯定是漂亮的，但我永远无法在街头认出她来，这让我觉得很糟糕。谢谢你陪我聊天，我大声说，也谢谢你的吻，非常好的吻，我会记住的。她肯定能听见，但没有转身，也没有说话，朝里沿着海事大楼走向集装箱的内侧，而我一个人站在码头的最外沿，背对着黑暗的海水和艾柯白山岭上的海员学院，心想，看着她离开比我想象中更糟糕。

她被黑暗吞没的那一刻，我高喊，你就是想跳海，我敢肯定。

我也不知道自己为什么要喊。其实我一点都不肯定。她或许只是跟我一样。我又为什么会在那里。

第二十四章

当我在那个星期天第二次从谢腾回来，从本泽大桥向德利律师广场转弯，然后把车停到公交车站旁的停车场的时候，整个人感觉有些摇晃。那天与我预想的不同。我也不知道我预想的是什么样子。但肯定不是这个样子的。

午后。将近傍晚。在楼梯间正要打开房门的时候，我听到邻居家的门咔嗒一声开了，永达尔太太走出来，又咔嗒一声拉上门锁。而我正侧着身面对着自己家的门，只从余光中瞥见她的脸和身体，她从头到脚打扮一新，看上去很不错，哪怕从我这个角度也很容易看出来。我没想打招呼，感觉有些虚脱、迷糊，但我还是出于礼貌转过身说，你好，永达尔太太，你今天真好看。她真挺好看的。永达尔太太说，这么长时间了，阿尔维，你还在叫我永达尔太太，而不是玛丽。她叫玛丽，还是英语发音，玛丽，玛丽·永达尔，我说，这点我是有些老派，特别是像你现在这身打扮，我还是用姓称呼你比较安全。胡闹，永达尔太太说。她有些脸红，微笑起来，下楼的时候她说，你呢，阿尔维，你都好吗？我说，不好，说不上好。她突然停下脚步。唉，她说，有什么不顺心的事？确实有，但没什么可告诉她的，我不想说。她向我转过身，我们面对面站着，她看上去确实不错，为什么要现在出门，我心想，还穿成这样，却留我一个人在这里。心里突然有些苦楚。我左手手掌扶着半开的门，钥匙在门锁里，但我没有进门，只要我这么站着，半侧着身面对着她，她也很难离开。我只是今天有些低沉，我说，没什么可担心的，其实都挺好的。看上去好像并不好，永达尔太太说。有吗？我说，是的，她说，你看上去好悲伤。那我们怎么办呢？我说。心里想着，我们，我说的真是我们，为什么要说我们。她咬咬嘴唇，我要去见几个女性朋友，她说，我们约好每个月找一个星期天在彩虹饭店聚会，所以我才打扮了一下。你看上去非常漂亮，我说。真的吗？永达尔太太说。我说，当然，你难道没照镜子吗？照了，我还真照了，她说，谢谢你，然后她说，我可以打电话取消活动的，她又咬咬嘴唇说，或许可以延期，每次都到场的也就我一个，其他人总有人在最后一刻打电话来请假的，我也可以的，她说，我可以打电话说不去。不用不用，这你不需要，其实都挺好的，我说，我一个人可以的，说真的，永达尔太太，我不是那个意思。不行，我得打电话，她说，我觉得这样最好。她转身打开家门，钥匙留在门锁里敞着门走进门厅，电话就放在那儿，镜子下的矮柜上，那时候还是用那种电话，她拎起电话听筒拨了号码，我听到她说她今晚不能去彩虹饭店了,因为她感觉不舒服。是呀,你知道我的意思,永达尔太太说,对面的朋友应该是知道了,因为据我所知她没有抗议。她们说话的时候我的钥匙还在门锁里插着,我的手还扶着门,最后那一分钟我没挪过一厘米。我想,天哪,发展神速啊!不过是一念之间,现在我怎么办?是不是像去年那样来个蛋糕?会不会只是个蛋糕?

我站在那儿,她在屋里挂上电话,回到门口说,永达尔上午去了哈马尔,又看他爸爸去了,他生病了,就是我公公,胃病,已经住院了,他周四回来,我是说永达尔,我老公,她说。但这些我都已经知道了,然后她红着脸敞开大门,朝边上让了一步,邀请我进屋。我说,不行,这样不行,我不能进你家门。怎么说也是他的家,你明白吗?尽管他去了哈马尔,你得来我家,我说,这儿就我一个人住,在我家除我之外没别人发表意见。好吧,她说,那我来了,她果断地说。锁上自己的门,用力一拉,门锁咔嗒一声,拔出钥匙后放进风衣口袋,我这边为她敞开门,她毫不迟疑地走过那几米楼道,高跟鞋踩在楼板上的声音在楼层里回荡,她飞快地经过我身边,在我之前进屋,我跟在身后,把我父亲的包往地板上一扔,包里还装着约翰·伯格[1]

---

[1] 约翰·伯格(1926—2017),英国小说家、艺术史家、画家。1972年,代表作《G.》获英国布克奖。——编者注

的政治卡萨诺瓦[1],已经没有退路了,我是无法靠嘴皮子脱身了。

我帮她脱下风衣,绅士风度,几乎有点正式,可能还挺矫情,我们突然做起了20世纪四五十年代电影里才做的事。我没穿西服,但感觉就像穿了一样,很可能是粉蓝色的,那时候的人都那么穿,尽管电影通常是黑白的,领带得带点红色,只需要两个细节,我们是一对夫妻,刚从国家剧院看完一部半好不坏的戏回家,回来的出租车上我们聊戏聊了一路,挪威当代戏剧很薄弱,我们都同意,这其实很奇怪,现在离战争结束已经有些年头,照说戏剧应该有长足进步、充满新能量才对。让全世界的老规矩都见鬼去吧,这很气人,但也并非偶然,不只是挪威,多少有些可悲,没有了战争,一切都变得轻松有趣,我的脑子就这样像往常一样开着小差,还能这样开很久,但其实我对当代戏剧一窍不通,什么都有可能,另外,那个周日离战争结束已经有四十个年头了,而我一生中只去过那么几次剧院。都是因为衣帽间,不知道该不该给小费,如果该给那要给多少。别人都知道。但我做不到,找不到自己的位置,我会很紧张,他们会看出我是怀特维特来的,所以会出错,然后他们会嘲笑我,就像我把可可粉说成可口粉时那样嘲笑我,就像他们看到卓别林最笨拙的表演时那样大笑,但我不想成为卓别林,

---

[1] 主人公在包里装了约翰·伯格的小说《G.》,小说中的主人公 G. 是一个卡萨诺瓦式的花花公子,在书中经历了一场政治觉醒。——译者注

所以就干脆不去剧院。

我给她的风衣找了个衣架，快速把它挂到衣帽架上，并脱下自己身上的海军大衣，挂到仍然空放在墙边的煤油罐上方的钩子上。屋里有点冷，我说。她说，这没关系。

她穿着高跟鞋走进客厅，现在绝对是永达尔太太而非任何1949年前后黑白电影里的女子。我看着她的背，看着她竖起的头发下露出的后颈肌肤，漂亮的连衣裙，拉链一直到后腰，她转身看着我。我说，你真的确定要这样吗？然后我想，她可能不明白我在说什么，我以为她会说，你在说什么呀，阿尔维，要怎么样，然而她说的却是，是呀，不然我早就已经坐上公交车去彩虹饭店啦。于是我说，你要我拉下拉链吗？好呀，可以吗？她说。没有微笑，又转身背对我，我拉下拉链，她从连衣裙中走出来，我心想，现在这时候最好别看她的脸，在卧室里我很高兴那天早晨换了床单、被套，铺了床，她比我所期待的积极得多，她很激动，意外地自信，这使得开场时有些复杂，我们几乎两头撞了车，但这下我们都大松了一口气，其间她说了声，瞧你，阿尔维。这话说得算是恰到好处，但那之后她就不吱声了，我闭上眼睛顺水推舟。

电话铃响了。我几乎已经睡着了，心想，不想接，我不想睁眼。但我必须接。我身边躺着永达尔太太，也叫玛丽，她趴着,额头枕着枕头,我唯一的一条被子将将盖住她的屁股。没有笑,她有各种理由笑的,我也是。那么顺利让我很惊讶,本该会很复杂——总是很复杂。你接吧,她在下边的枕头上说。没关系的。只要不是图丽就好。她说这话的时候笑了。但我心里挺肯定就是图丽,还会有谁。电话铃声的响法和今天早晨一样,就像又多了个高声部。回铃是A调,可以跟着它给吉他校音,但铃声是没有调的,音阶上找不到。我不接,我说,就是图丽。你怎么知道的?玛丽说。我能听出来,我说,我总能听出来是谁的电话,如果是你打的,我也能听出是你。要是我忘了交房租,我能听出来打电话来的是房管所而不是我妈。你母亲已经去世了,玛丽说,这不难吧?没错,我说,这倒是。那就说是维迪丝吧。我能听出来。这倒是挺奇怪的特长,她说,能听出是谁打来的电话。这是天赋,我说。她说,要是生在19世纪这天赋就浪费了,那时候没有电话。即使你身怀这种绝技生在那个时代也无济于事。那可不好玩。不好玩,我说。躺在那儿真舒服,身体有些沉重,一种前所未有的平静。然后玛丽说,如果不是我们刚才那么合拍,现在也不会躺在这儿打趣了。我知道,我说。

她先起的床。赤身裸体,很漂亮,且毫不害羞,在屋里她没像在楼道里那样脸红过一次。她穿衣服的时候我就这么躺在床上。她上下打量我一番,说,我一直在好奇,跟你在一起会怎么样。你想过吗？我说，去年也是？去年怎么了？她说。那个巧克力蛋糕，只是个蛋糕吗？她笑了，哦，那个呀，其实还真只是个蛋糕。是吗？我说，我还希望有点别的什么呢。玛丽·永达尔不在床上，我感到有点冷，我想盖上被子，但觉得有她看着我不能这么干。你这么想？她说，又露出了笑容，反正现在我是知道了，她说，现在我知道跟你在一起是什么感觉了。你是个好孩子，阿尔维·杨森。她穿上了所有衣服，然后穿鞋。孩子，我心想。我已经三十八岁了，她肯定更年轻，我不知道她有多大。她弯下腰来吻我的肩膀，我心想，她其实觉得我还不够成熟，肯定是，然后她说，这事就干这么一回好了，不然我们肯定会对彼此有所期待，最后伤彼此的心。我说她说的有道理，我们见好就收，我说。如释重负，但帮我释掉重负的是她，不是我自己，我心想从来都晚一步。为什么从来都晚一步，难道这是我的弱点？肯定是。

现在她已经穿好衣服，说，或许我还能赶上彩虹饭店的局，至少能赶上甜点，我们总是先喝上一杯，常会花点时间，边喝边聊呗，打个车说不定能赶上。那我们再见了，阿尔维，希望你心情好一点了。她微笑着走到门厅，从衣架上取下风衣，快步走到楼道里，"砰"的一声关上身后我家的门，我能听见她的高跟鞋砸在台阶上的声音，一路全速下楼，一直到后院的石铺地上。不管我是不是孩子，我确实感觉到我的心情好多了。

第二十五章

我盖上被子躺着等。等了大概一刻钟，可能更久。差不多睡着了，然后电话又响了。我就随它响。反正我知道是谁。我有这个能力。但等着等着就受不了了，只好下床，一丝不挂地穿过阴冷的房间，踩着冰冷的地板走向对着客厅半开的门，电话就在客厅里，门对面角落里的写字台上，一半暴露在我没有拉窗帘的窗前，是我忘了拉。铃响到第五声。从租借公寓的其他楼房能清楚地看到全裸的我站在写字台边，假如谁有兴趣看的话。我举起听筒，是图丽，从呼吸声就能马上听出来，这呼吸声我都背出来了。我什么话都不说。她说，阿尔维，你在吗？我什么话都不说。天哪，阿尔维，她说，我知道你在。他妈的，我想。在，我说，我在。但我没说"你干吗打电话来"，宁可等一等。这下她可就为难了，我只好开口，你好点了吗？我说，你心情好一点了吗？你有兴趣听吗？她说。其实没有，我说，但这也不完全是实话。大概有点兴趣。我花了一个早上帮她的忙，再怎么帮她一把也无所谓了。我也不知道。反正我不喜欢她的口气。我寻找着早晨对她产生的突如其来的欲望，但那种感觉已经无影无踪了。并不完全是实话，我说，我当然有兴趣。这我不相信，她说。不信就不信吧，我说，那你为什么打电话来？我不是找你救命的，她说，你得过好你自己的日子，别搅和进我的生活。不搅和，你为什么打电话来？我又问。我不需要你，她说，你明白吗？我想一想，这不是真的，她没有别人可找，她甚至没有自己的朋友，那些五颜六色的朋友，情急之下她没有给其中任何人打电话，她不会找其中任何人救命，她找的是我。但这都不是我想要的。你早上可不是这么说的，我说，她说，不是吗，那我早上是怎么说的？你说除了我你没有其他人了。我不记得了，她说，我为什么要说这种话？我说，我也不知道。我觉得自己的内心非常平静，简直有些奇怪，因为地板是冰凉的，我开始浑身发冷，颤抖得像个尿急的小男孩，我忍不住了，尽管内心是平静的，就像本纳峡湾风平浪静时的水面，但我还是得去穿点衣服。阿尔维，图丽在电话里说，你在吗？你听到我说的话了吗？听着，我说，图丽，我能五分钟后再打给你吗？不用再打了，她说完就挂了。不打就不打吧，我说。

　　我就没有再打回去。

第二十六章

然后我也挂了电话，赤身裸体地穿过房间找衣服穿上，甚至还穿上了外套和鞋。我得马上暖和起来，但也需要透透气，是的，就这样吧，进进出出一整天，我心想，进进出出住宅区，上上下下楼梯，下楼上车、下车上楼，最近这些年来我看上去肯定很可疑，要是有人用我们在地球上的短暂时光来追踪德利律师广场的路口和环岛周围发生的一切的话，进来的是谁，出去的是谁，谁在什么时间点做什么。可能就像我。反正我没有躲着藏着。不管怎么着我走下楼梯到广场上的马自达旁边，但我没有坐进去。我用胯顶着发动机盖点了一支蓝色大师。感觉像要庆祝点什么。漫长的庆典。我看看街上，一辆公交车正从沃尔略卡开下来，在我面前几米处靠站，没人下车，两人上车，我没上去。我不去市中心，去那儿干吗？

我嘴里叼着造型完美的香烟沿着人行道上行，走过我住的那栋楼，从停车场朝卑尔根大街的陡坡走。我看到油漆店里图勒弗森穿着那件污迹斑斑的褐色大衣背对着我。就没见过他穿别的衣服。他站在工作台前，面前摆着一排好几个没有盖盖子的油漆桶，但今天是星期天。我看看时间，走过去推推门，门没锁，于是我打开门朝里喊，你开着呀，今天不是星期天吗？现在也挺晚的了。我知道今天是星期天，杨森，他头也不回地说。还有，别在里面抽烟，行行好。我把抽了一半的烟扔在门外的水泥铺地上，用鞋尖踩灭，然后说，那你算开门吗？他说，不开，杨森，不开门，今天是星期天，已经很晚了。但门开着呀，我说。天哪，我知道门开着，他说，你能安静点吗，我这儿正专心呢。他在调颜色。有人等着呢，他说。我没看见任何人在等，但他们也有可能是在别的地方等。油漆可能是要送到别的地方去的，我怎么会知道，比如送去萨格纳，就在坡下，走路三分钟。今天有可能帮我把煤油罐灌满吗？我问。他仍然背对着我，能看出来他不耐烦了，他有些烦躁，说，那你可得快点！我关上门，小跑绕回公寓，三步并作两步上到三楼，从门厅的地板上拿起煤油罐，转个弯回到店门口，进门，门上的铃丁零零一响。哟，想快的时候还挺快，图勒弗森说。那是，我说。我走过去把煤油罐放到柜台上。这时他才转过身。笑了。你早该来了，别人都已经灌满了。他透过厚重的眼镜片看着我说，你知道吗，杨森，我跟我老婆打赌了。赌什么？我问。赌你今年什么时候来灌第一桶煤油。看看离零度有多近时可以让你小子逛到我这儿来。一个人住不是更冷吗，你这样都一年了，晚上更冷，床上更冷，一个人住就需要煤油，这是必须的。是呀，我说，必须的。我打开油罐的盖子往他手里递了一个煤油

269

罐，说，谁赢了？谁赢什么了？他说，谁打赌赢了？我赢了，图勒弗森说。我了解你。

我忍不住笑了。把另一个煤油罐也递给他，接回第一个。你才不了解我呢，我说。我的老天爷呀，他说，整栋楼谁不了解你，杨森。他背对着我，煤油储油罐阀门上的手转到最左边。慢慢地，第二个罐子也装满了。整栋楼，我心想，那得有十六个左右，加上小孩，包括永达尔。他他妈才不了解我呢。你就别想别的了，图勒弗森说。他把第二个煤油罐也还给我。收款箱锁了，他说，你明天再付钱吧。灌得有点满，我手掌心上蹭到了黏糊糊的煤油，举手闻了闻，不管洗多少次手，这味道起码要一整天才能退掉，但图勒弗森才不管这些。现在上楼去吧，他说，把暖炉点上，在冷房里已经过够了吧。好的，我说。他说，让我赶快把油漆调完，行不行？行呀，我说。有人等着呢，他说。我还是看不到有谁在等，但我转身出店门的时候他说，别难过，杨森，这栋楼里没人看你不顺眼，据我所知恰恰相反。我不难过，我说。那就好，他说着又转过身，举起一个油漆桶，把油漆倒进另一个不是那么满的桶里。他嘟囔着，仍然背对着我，就跟我第一次进来时一样。

第二十七章

星期天所剩无几，但我还没有躺下，睡意全无。这天好漫长，内容丰富的一天，再长一点也无妨。我很累，还有点晕，却也出奇地平静，就像我刚提到的本纳峡湾的水面，所以我也不想就此放手。突然害怕起明天来。我知道明天会更空虚，只有我和打字机。今天我过得很充实，无论如何，明天我又将被推到重力之外。或者让我自己被推一把。飘离。在今天和明天之间，除了睡眠我看不到任何桥梁，那是一座可疑的桥。我突然很想留在当下，留在这一天，我得尽可能地推迟睡眠。如果我睡着了，什么都可能发生。什么都不能发生。如果什么都不发生，我就可以留在当下。我不想这样。我的心情已经好很多了。我想保持住。如果过夜之后无法持续怎么办，如果睡眠不是一座桥，而是一块橡皮怎么办？

我吃了饭。暖炉也点着了。走进厨房，从装在厨房台上的红酒架上取下一瓶红酒。早就想开这瓶酒了，但我已经一个礼拜没怎么碰酒精了，除了这个九月的星期天前一天晚上喝过几杯啤酒，在托尔布大街上一家药房改建的酒吧里，之前就去过好多次，比如圣诞夜。我从最上层的抽屉里取出开瓶器，打开酒瓶，直接对着嘴喝了一口，看上去肯定很埋汰。这应该是个很好的衡量标准，从外部观察自己的行为，就像自己是另一个人，看着一个人，其实就是你自己，看着他直接对着酒瓶喝了口红酒，之前根本没有从柜子里拿酒杯的打算，就好像人生不过如此，假如那样的话你会怎么想？

我马上就感到了酒劲，于是又长长地喝了一口，走进客厅，坐到沙发上，然后又站起来，抽出一张我刚从卡尔·约翰大街的挪威音乐出版社的谢尔·希尔维那里买回来的马勒的交响乐，伦纳德·伯恩斯坦指挥的《第五交响曲》，不是那个灰头发的日本人指挥的《第九交响曲》，不是马勒女子的那个马勒。对我来说《第五交响曲》是最棒的，《葬礼进行曲》什么的，《第四乐章》平静而极度忧郁地流淌着，但同时又很振奋，哪怕伯恩斯坦有时候也会很生硬，让人不耐烦，就像他把音符串在一起的那根指挥棒有时会断，音符就会四散，形成一道可能会让人失足跌落的裂缝，但大多数时候他还是很出色的。现在我成了"马勒专家"。

我坐在那儿一直听到《第一乐章》终了。电话又响了。我开始难受起来。反正不是图丽。我也不知道会是谁。能力削弱了。可能是酒精的作用。我拿起怀里那个在听音乐的时候已经喝过第三口的酒瓶，把它放到茶几上，走过去关掉唱机，然后走到写字台前举起听筒，喂，我是阿尔维，已经很晚了。是奥顿。是我，奥顿，他说，我知道已经很晚了。嘿，奥顿，我说。嘿，阿尔维，他说，好久不见，你好吗？这话听上去就像一首歌，这句式，说不定就是一首歌，我试着在脑子里找了找，想想是哪首歌。你怎么了？他问。怎么了，我想，我怎么了，好久不见，你好吗，怎么啦，啦，啦啦，肯定是红酒闹的。有那么久吗？我说。有啊，他说。是呀，我知道，我说。他说得对，能有多久？上次到现在四个月了，他说。哟，我说，是挺久。是呀，挺久的，他说，仔细算算可能有五个月了。一生大部分时间里他都是我最好的朋友，自从那一年他跟着母亲和兄弟姐妹一起从农村搬过来，在怀特维特学校七年级闪亮登场开始。我们一起回忆人生的时候，经常无法把彼此的人生分开，尽管那是两种完全不同的人生，我们如此不同，但我们分享着彼此的人生，我们参与着彼此的生活，他仍然是我最好的朋友。还没有发生过什么可以终结这份友谊的事。最后几年可能有些困难，并不是说友谊困难，而是一切围绕着它的事。事实上是我把他给忘了，我最好的、最亲近的朋友，我忘了他是我的朋友。

　　船烧毁之后我们几乎形影不离。不是图丽和我，而是奥顿和我。可能是我把她关在了门外，把姑娘们关在了门外。他每两天给我打一次电话，我们一起去看电影，只要我这边可以，我们尽可能在外面吃饭，大多数时候都是在怀特维特购物中心里饭店二楼的角落里，就是我们第一次在外喝啤酒的地方，第二次是在奥斯陆市中心的"土豆饼"。我们去老加勒穆恩机场看美国飞机起飞前出发大厅里上演的好戏。好多人都长吻不休，好多人哭，也有人吵架。我们坐在阳台上的咖啡馆里，一人端一杯可乐或是咖啡，朝大厅里张望，见过两个女人跟同一个男人道别：一个靠得紧紧的，手臂挂在他脖子上，另一个躲在阳台上暗自挥手，好不让第一个女人看见。但我们看到她了。另一次我们看到一个女人象征性地朝送她到机场并帮她扛行李的男人扭头转身，去安检的路上她缓缓松手，让手上的什么东西掉在地上，我们转身看着跟我们一起看到这一幕的男人，我说，她扔掉的是什么？她扔掉的是结婚戒指，奥顿说。记下来，阿尔维，他说，你得记下来。有一次他开车来德利律师广场，把趴在地板上的我扶起来。图丽和姑娘们去特隆赫姆了，我其实不想那么快起来，还想额头抵着硬冷积灰的木地板多趴一会儿，我想着人要怎么衡量悲伤，有没有一把衡量悲伤的尺，比如为一个人悲伤与为两个、三个人悲伤有什么不同，或是四个，像我这样，这些都能用尺衡量吗？或是力度可以在某种仪器上反应出来，比如盖革计数器，仪器越接近最大的尺度、宽度，或读数，发出的信号声就越密集、越尖锐。我怎么知道什么时候才能悲伤个够，如果悲伤像流淌的银溶液，那倒是可以倒进一个量杯里（不能是塑料做的），然后说，在这样的情况下五百毫升就够了，然后让溶液在离最上面一根刻度不远的地方凝固成明晃晃、硬邦邦的银。我怎么会知道。我怎么知道那实际上是我感受到的悲伤，总觉得和我在电影上看到的，或是别人在亲人死去后告诉我的他们的感受不一样。我不确定起来，我又没有哭，人应该什么时候哭，一个人的时候还是在别人的见证之下？如果是一个人，没有人看见，哭又有什么用，我不知道，我没有那把尺，那个量杯，我孤身一人，不放任何人进来，别人的尺，别人的量杯都用不上。从某种程度上感觉出奇地漠然，不对，不是漠然，而是超出了我的视野范围。我将将可以瞥见一条翻卷的黑暗尾巴渐渐消失，但当我抓住并牢牢捏住它的时候，却发现手里只有一条尾巴。其余的都消失了，就像壁虎用尾巴交换自由一样。我试了，还挺努力的，圆睁着眼睛看到了发生的一切，但我不知道应该拿看到的一切怎么办，所有的反应我已经在电视报道中看到过，都用完了，我想不出更多的来。然后我单纯地试着不去想这件事。这也行不通。于是我试图寻找一幅画面把这一切都掩盖掉，怎么说这也是我的工作，浇灌涡旋形的透明混凝土，把电波、把胃里恼人的疼痛变成凝固的表面。但我没有足够大、足够牢固的画面，渐渐地，这让我精疲力竭。于是我就躺在那里等奥顿来。他直接走进来，门没有锁，我像平时那样忘了锁门，在看到我之前，他就在门厅里高声喊，喂，阿尔维，为什么不接我电话？说得没错，我是经常不接电话，这是很不应该的，但我怕对面会是殡仪馆，尽管我知道这次应该参加的葬礼都已经过去了。于是奥顿穿过客厅的门，看着地板上的我说，你趴在那儿干什么？我在思考，我说。行呀，他说，你在思考什么？量杯，我说，尺，诸如此类。好，他说，听上去还挺实用的，但现在你得起来了。我不一定起得来，我在地板上说，嘴唇贴着冰凉的地板，地板上一层灰，力奇[1]已经很久没离开过储藏室了。你可以的，他说，我去厨房烧水煮咖啡。

十分钟后他端着放有两杯咖啡、牛奶和糖的托盘回来，我已经坐在了办公椅上。比不上加尔赫峰[2]，但已经爬得很高了。

现在我手里拿着电话听筒，对面是奥顿，不知道该说些什么。我把他给忘了，这挺不寻常，但我并没有细想，目前还没有，我能想什么呢？我最近挺忙，我说。要说的就是这个，奥顿说，我有好几个目击证人说在城里看到了你，甚至看到过很多次，在酒吧等各种场合，基本都喝了酒，总是有伴，是的，女伴，每次都是不同的女人。没错，我说，听着耳熟。但这也暴露了你的目击证人，是不是？我说。你说得没错，他说，是暴露了，不过你到底是在搞什么名堂，你这日子是怎么过的？我很明白他在问什么。他这么问我还挺高兴，因为他是在关心

---

1 丹麦家电品牌 Nilfisk，这里指吸尘器。
2 挪威及北欧的最高山峰。

我。没别人关心我，除了玛丽·永达尔，说不定她现在还在彩虹饭店，面前摆着迟到的甜点。但我就是不愿意聊我的人生。但对方是奥顿，既然他发问了，而我又把他想起来了，很幸运地把他又从遗忘深处捡了回来，那我就应该回答。说来话长，我说，一切都云里雾里的。你说说试试，他说。你有时间吗？我问。我当然有时间，他说，我有一整晚的时间。是吗，我心想，你明天不上班了，你不当字体设计师了，那些字体你都束之高阁了？我犹豫了一下，这可瞒不过他，但也伤害不了他。他说，阿尔维，你现在可以坐下了。我坐着呢，我说。他说，没有，你没坐着。我没坐着，这还挺意外，还以为我坐着呢。我坐倒在办公椅上。这就好，他说。不对，等等，我说。我说着搁下听筒，把电话线在佛像上绕一绕，这样话筒就不会掉到地上去，我站起身快步穿过客厅，走进厨房，从水池上方的柜子里拿了一个不带托的玻璃杯，出来的时候从茶几上取过那个酒瓶，经过裱了框的汉字"非"时，我心想，非什么来着，这我也忘了。我把酒瓶和酒杯放到写字台上，倒上一大杯酒，红酒，又不是烈酒，还是不错的酒。我用右手拿起听筒，左肘撑在面前的桌面上，身体微微前倾，支在这边的手肘上。好了，我说，我又坐下了。很好，他说。坐好了吗？坐好了，我说。喝着酒吗，阿尔维？他说。我说，喝着呢，就喝一点，红酒，不是烈酒。挺好，他说，不是烈酒挺好。尽管说吧，我哪儿也不去。或者我先去上个厕所，他说，这样就不会中途打断你了。别挂，他说。他放下听筒走了,我坐在那儿等。不挂,我说。长饮了一口酒。

他回来的时候我听见他往桌上放了个酒杯,但他什么都没说,我也什么都没说,听见他的呼吸声,要是他听不见我的会很奇怪,我们就这么坐了一会儿,最后他说,喂,阿尔维,我等着呢。好,我说,对不起,我走神了。
这并不是实话,我没有走神。

第二十八章

你记得我们从比约尔森搬去过郊区吗？我说。那是1979年的事。就是本泽大桥大战之后。我当然记得你们搬家了，奥顿说。但我们说的是什么大战呀？这你别管了，我说。反正就是图丽要去特隆赫姆将近两个星期，去看她外公，我们不得不去城郊她父母家过一夜。我们还没买第一辆马自达，那时候我们都很年轻，什么都不需要，至少在奥斯陆市区的时候不需要，但那时候我们搬去的地方周日还没有进城的公共汽车。平时车也很少。我记得，奥顿说。

那天早晨我六点钟被钟鸣吵醒，在陌生的房间醒来很不习惯。在我们住一起之前这是她的房间，她的家，但我不喜欢，我不喜欢在别的地方睡觉，四周没有我的东西，我的书、唱片。

我坐在床沿上，太阳已经出来了。我看看窗外，看着那个城轨站台，以前不知道有多少次，我站在站台上等她，看着山坡下这栋住宅楼四楼的这扇窗，趁她还不知道我在那儿的时候。

这我喜欢，我喜欢看她不知道有人在看她时的举动。她真好看，就像在欣赏舞蹈，你自己猜是什么音乐。

她父亲已经起床，穿着拖鞋和睡衣，我们来到厨房的时候她父亲已经给我们做好了早饭。他是个沉默的老人，但时不时会突然发个火。这都是战争造成的，但他从没有冲我发过火，这让我很高兴，可别人得听着。他参加过抗击战役，盖世太保踩在楼梯上的时候不得不从家里出逃，幸亏踩错了楼梯，进错了房子，给了他需要的那几分钟。战争结束他逃亡归来的时候，他的房子里住了个前纳粹党党员，房子他要不回来。

那时他只有沉默。五点起床铺桌子给我们做早饭，这让我很意外，让我很感动。

我们吃着东西，都挺累，彼此也没说什么话，但还是坐了很久，最后只好打车去赶火车。

那天很热。我们坐上车去市中心的时候才不到七点，但已经有二十摄氏度了。出门前我看了温度计。

从外面阳光斑驳的大街进来，东站大厅里显得很阴暗，但还是熙熙攘攘，充满生机，高高的屋顶下全是游客，德国人和美国人一边大声交谈，一边等着卑尔根线或翻过多弗勒山去特隆赫姆的火车，躲在他们巨大的背包和行李箱背后，戴着墨镜，壁垒森严。

她隔着障碍物寻找她要坐的那趟车的站牌，一下子就找到了。她总是很机敏、踏实，跟我相反，我总是很焦躁。我提着她的行李箱，沿着站台走在她前面，透过玻璃拱顶看着外面的阳光，光线刺眼，她得带很多东西，纸、书、雨衣之类的东西，所以行李箱挺沉。我想应该说点什么，但每次开口的时候脑子就空了。我也不知道为什么。所以我走在最前面，这样就不用说话了。

我们看看车票上的车厢号，进车厢之后，我用两只手举起行李箱并把它们推进门口最上排的行李架上。然后我们一起穿过座位。车厢已经半满，她的座位上坐着一位女士。我们对了对车票，那位女士坐错了，往后移了一排，她红着脸说了声抱歉，我说谢谢，您劳驾，然后我们又下车回到站台上。

我们站在明媚得把所有细节都彰显出来的阳光下。我能看清火车车窗上最小的污迹。背后货车上的木材都晒出了油，车门上的铁件生了锈，整个车站都在晃动，但她还是试图扣上外套，这是她最近几个月里养成的习惯，但已经扣不上了，肚子已经很大了。我说，该买件新外套了。我知道，她说，也没多长时间了，三个月后这件就又合身了。现在不是夏天嘛，实在不行我不穿外套也没关系。还是应该备一件，我说。可能吧，她说，但也穿不了多久，这么热的天。再说我们也买不起呀，这件外套得四百多克朗吧。我知道，我说，这件是我给你买的。我知道我们买不起，但我不喜欢她说出来的口气。体贴备至。

我才不需要她这样。说得没错,她说着微笑起来。

还有几分钟车就要开了,高音喇叭提醒着大家。先是挪威语,然后是糟糕的英语。你得上车了,我说。是的,她说。她迈上第一级台阶,回身拉拉我的手。嘿,她说。嗯,我说。我又不是去很久,她说。一眨眼我就又回来了,我们就可以开开心心地度假去了,不是吗?十四天可不是一眨眼,我觉得还挺久的,不明白她怎么能这么轻描淡写,不过我也一样,我说,那就好。她向前弯下腰给我一个拥抱。脸颊柔软而温暖,我使劲咽着口水,就像人们在火车站都会做的那样。再见,她说。再见,我说。你可以写个明信片呀,我说,但我只是说说而已。其实我才不在乎。这感觉很奇怪。当然可以,她说。

列车员吹着口哨走过来,把那扇沉重的门在我鼻尖前关上。他都懒得看我一眼。我看着她走进车厢,里面很昏暗,外面光线刺眼,我们之间隔着车窗。但还能看到她向我挥手,她在微笑,但基本上我看到的都是映在车窗上的我自己的脸。谁的脸都有可能。我也挥挥手,火车嘎吱一声,开始移动,于是我转身离开。

去利勒斯特罗姆的短途车还有二十分钟才出发,我在纳尔维森便利店买了张报纸,找了张长凳坐下,用阅读来消磨时间。火车来了,我找了个窗口的座位。我们在远郊还没有住到一个月,窗外风光无限,但我都提不起兴趣来。

我斯卓门站下车,但周日没有公交车,这我都忘了。我开始走,但很快就反悔了,又走回来。四公里的上坡路,我可懒得走。车站旁只有一辆出租车,我坐进去,说,约内瑞德。司机狞笑一声,约内瑞德。好家伙!就是说你不喜欢那地方,我懂的,他说。喜欢那儿的人管那儿叫索里亚·莫里亚[1],尽管那儿根本不叫这两个名字中的任何一个。他是巴基斯坦人,或者是印度人,但他的挪威语说得并不赖。我知道,我说。你当然知道啦,他说。之后他什么都没说,我也没再说什么。

进屋的时候公寓里悄无声息。我听到闹钟在卧室里嘀嗒响。我打开收音机想让客厅里有点声音,但播的是祷告,我就又把它关了,转而放上一张唱片。第一张放的是齐柏林飞艇[2],第一首歌是《好时光坏时光》。

屋里充斥着空虚的味道。就像有人来过又离开了。得先有人来过才会感觉这么空虚。我脑子里想的不是我们。走进客厅,进厨房烧水煮咖啡。试着想想她。我端着咖啡杯坐在客厅的桌子旁,想着我有多期待她回家,但我不知道自己有多期待。桌上放着一张字条,列着她不在的时候我应该做的事。是她留下的,我把它拿起来,就这么坐着,好像在念的样子,然后又把

---

1 挪威童话中的仙境城堡。
2 英国的摇滚乐队,成立于1968年。——编者注

它放下。

杯子空了,我又走回厨房。厨房台面上空空如也,我们启程时她把碗都洗了。我把杯子放到金属台面上,在裤子上擦擦手,又把杯子拿起来,重重地扔进洗碗池里。杯子炸开了花。我俯身看水池里的那些小碎片,想到她的母亲,每次我们周末去看他们的时候她都会站在门口等。她总是笑得那么幸福。妈的,我大声说。然后到卧室的衣橱顶上取下背包来,打开橱门,手里拿着条裤子站了半天,那是条全新的裤子,我把它放进包里,随便拿了几件衣服、几本书和一瓶"上十"威士忌,她当时怀孕了,所以我们都还没碰。关掉唱机,我已经不喜欢齐柏林飞艇了,也不知道为什么,明明一直很喜欢。我把除了冰箱之外的所有插头都拔了,把热水器的旋钮拧到零。

下坡没走多远就看到一辆出租车开上了坡,五分钟不到它就送完客又掉头下来了。我举起手挥了挥。司机减速靠边停好,就在我跟前几米远处。我把背包卸下来,走上前打开后排车门。先把包扔在后座上,然后钻了进去。斯卓门车站,我说。斯卓门车站,他说,走起。我们的眼神在后视镜里交会,是同一个司机。

穿过狮城住宅区的一路上我都默不作声地看着窗外,经过老斯卓姆路上的十字路口下到火车站路,那里的斯卓门钢铁厂后来改建成了购物中心，就在火车站前的那片平地上，离我父亲在萨洛蒙倒闭之后工作过的那家鞋厂不远。现在已经无迹可循。

司机沿着铁路线开，穿过狭窄的桥，拐到对面的车站大楼背后。他自作主张，认定我要坐去奥斯陆方向的车，不过他应该是对的。

我付了钱，拖着我的包下了车，关上车门，开始朝站台走。司机也下了车。他点上一支烟靠着敞开的车门抽烟。发动机就这么转着。我站在站台上等车。也不知道火车多久会来。如果有车的话。车站大楼的墙上有一张时刻表，但我没过去看。看到司机把烟头扔到地上后坐回车内。他轰了轰发动机，推上一挡，我能听见咔嗒一声进挡的声音，车开始慢慢移动，我转身朝它飞奔过去，就在它向桥的方向拐过去的时候又追上了它。我握紧拳头敲车窗，司机踩下刹车，举起双手，仰头靠着椅背上的颈托望着车顶。然后他伏下身子，摇下车窗，说，好吧，现在怎么说？口气中尽是怨念。我不坐火车了，我说。不坐了？他说。我说，不坐了。那你想怎样？他说。我需要出租车，我说。他叹了口气，说，这辆就是出租车。我知道，我说。我打开后车门，把包扔进去，然后几乎是把我自己也扔了进去，我重重地坐到车座上。感觉不太好。

他转过身把胳膊肘搁在椅背上看着我。他突然怨念全消，反而友好起来。好吧,我们去哪儿?他问。我想了想,但什么都没想出来。我也不知道,我说。他用手插了几下头发。我敢打赌他已双眼无神。他转回身坐在那儿瞪着车窗外。然后他又转过身来。双眼仍旧无神。或许我们先开着,他说。好呀,或许我们先开着,挺好的,我说。说走就走。他让车又走起来,驶离火车站区域,过桥,下缓坡朝利勒斯特罗姆开。我靠在车座上闭上双眼。我们开一会儿,我想,就知道该去哪儿了。

但我还是想不出来。我们在南罗梅里克开了无数的小路,最后司机无奈起来,他显然很想帮助我,以为开个几公里我就能看到希望。但我看不到希望。最后我让他又开上了坡。

我们停到了紧挨高楼的公交车站。他熄了火,我们停在那里,他突然就不肯收钱了。得收,我说。不收,他说,我不想要钱。他显然对我采用了无功无酬原则。但我很坚持,于是他还是毫无热情地收了钱。下车的时候我说了句,谢谢你送我。犹豫了一下,我又说,谢谢你安慰我。

然后劲儿就过了。我把字条上的事都做了。几天之后我开始想她。也可能是别的什么情绪,不一定是思念,但我其实觉得不像。就是思念。

好吧,奥顿说,你就想跟我说这个。我也不知道,我说,一下子我也想不出还能说什么。好吧，他说，这没问题，还挺有意思的，之前你没跟我说过这段。没说过，我说，其实之后我自己都没怎么想过这事。肯定觉得难以启齿。这我懂，奥顿说，但跟我还是可以说的。我会愿意听的。我听到他从他的杯子里喝了一口。不管喝的是什么，反正杯子不是空的。我的杯子空了。都是真的吗？他说，这么详细，都过去很久了，你当时是那样的吗？出租车司机那段可能不是百分之百确切，我说，但我觉得这段挺好，就一起说了。你说得没错，奥顿说，这段挺好的。然后他说，阿尔维呀，现在夜已经深了，我想我得睡一会儿了，明天一早还要上班，也就没几个小时了。但你喝酒了呀，我说，这怎么行，也就没几个小时了。我喝的是可乐，他说，百事。哦，那就好，我说。但说到这儿挺好的。的确如此，我的头靠着写字台。最后那一段故事我是闭着眼讲的。我们明天可以再聊，如果你愿意的话，奥顿说。可以的，我说。好的，他说，晚安，阿尔维。晚安，奥顿，我说，谢谢你打电话来。应该的，他说，然后我们挂上电话，我沉重地从写字台边上站起来，想想我是不是应该再喝一杯红酒，酒瓶里还有，但还是算了。

第六卷

第二十九章

四年以后。

我写完了关于工厂的小说。花了五年时间，写了二百三十四页。托尔斯泰写《战争与和平》都没那么久。十月出版了。比我预想的要早。现在是三月中旬。我站在悦兰大街积成的小雪坡上，这里离路易森卑尔格医院不远。靠近道路的雪已经被尾气熏黑。我身后的人行道上站着维迪丝，我的大女儿。她十六岁。我四十三岁。我还有两个女儿，那时候她们一个十二岁，一个十三岁。她们都长大了。

我站在雪坡上想拦一辆出租车，但出租车都不肯停。我敢打赌那辆是空车，车顶的灯亮着，司机从城北公墓下坡，在拐弯的地方看到我在挥手，我又挥了挥手，但他没停。

我很惆怅。我们刚去了医院，本来打算送维迪丝进精神科。不是我想送，是她想去，我们简短地聊过，图丽和我，几乎确定，其实是她很确定，我没那么确定。这也不算什么新闻。不管怎么说，人家不收。我转身看看她，看看有什么能让我打起精神来的，但她面无表情。维迪丝，我说，过来。我们再向下走一段。她没回答，没给任何信号，她看上去已经看破红尘，已经几个小时没有好好说过一句话了。

我倒退着走出雪坡，走上撒了沙子的人行道，跺掉鞋上的脏雪，开始朝亚历山大·谢兰广场走，我觉得在那儿容易让出租车停下来。她慢慢地跟着，并没有抗拒，身体却像背负了这些日子给予她的重量，或者说她自己给自己的重量，这些日子我必须做的是解读她的意愿，这样她就不用非得求我，我得负责在一天结束之前准确地做出选择。我们在出家门前分配角色。她出她家的门，我出我家的门。我和她早就不走一个门了。

马自达在修车厂，所以几个小时前我动身从比约尔森——我还住在那儿——坐公交车出发，下到奥斯陆市中心，坐上火车从奥斯陆中央车站去利勒斯特罗姆站，那年它还是个漂亮的新车站，从站台下楼梯，到车站另一边，河流从那儿流向大海。停车场是一片烂泥地，旁边有道大玻璃门，我站到门口。看见曾经和我结过婚的那个她开着车从山坡上下来，过桥，起风了，一路飘旗拍打着旗杆，河水倒流，那天上午景象奇特。那辆金属蓝丰田迎面而来，在低沉的阳光下闪烁，驾着凌厉的春风，过河后驶进环岛再从另一头出来，也就是我这头，在我面前不远处停下，顺着倾斜的广场，贴着街沿。

她们下了车，母女俩，图丽和维迪丝，一起踩着石铺地走过来，走向站在门边的我，我们互相打了招呼，不算冷漠，但很正式，我们已经走到了这一步。寒暄完毕，我转身，手搭着维迪丝的肩膀，准备回车站，这时图丽走上来——曾为我燃烧过的火焰，我曾无法割舍的一切——追上我，一只手搭在我肩上。我看着她的手，黝黑漂亮，我很熟悉这双手，熟悉那份纤细、那份轻盈，她披着一件风衣，至少和她的车一样蓝，随意地披着，在凛冽的寒风中几近雍容地敞开着，露出里面漂亮的连衣裙，她比我上次见到的时候状态好，脸上没有皱纹，眼睛下没有黑眼圈，她之前看上去不是这样的，我心想，她还属于我的时候。她肯定交了新男朋友，这就是原因，我想，她会像曾经对待我那样对待他，或者更糟糕，她从未用对待他的方式对待过我。我突然觉得有人以最恶劣的方式欺骗我。那种旧情绪，一瞬间传遍全身，然后就过去了，我想，她应该过得更好。她应该得到我给不了她的一切。除了你我没有其他人，这是她曾说过的话，尽管那时候我们已经离婚，但那时她很绝望，现在她不会这么说了，不会再说她只有我。为什么还要这么说？她还有别人。

她说，你去更方便，阿尔维，你和她之间有距离。她收回自己的手，我心想，什么距离。我和维迪丝不是每天晚上都要打很久的电话吗？自从十六年前，因为去西城的医院的路途太远,她几乎出生在出租车后座上以来,她不是每天、每周都与我紧密相连吗?当初不是我把又小又轻的她捧在怀里、捧在手心里,除了我还会有谁?她难道不是像我对她一样对我掏心掏肺?难道不是我以独一无二的方式指引着她的人生?妈的。什么距离?

为什么图丽会觉得我能完成这个别人无法完成的任务?我们的主意确实都用尽了,而这仅剩的最后一个,将由我独自一人付诸实践。我不知道这如果不是我肩膀上的负担还能是什么,还说我和维迪丝之间有距离。图丽这么坚持,她没有给我任何选择,所有她认识并且也认识维迪丝的人都指着我。我觉得这很奇怪。

所以我没有回答。维迪丝跟着我一起走进车站大楼,走上站台,从北部艾梓沃尔、哈马尔等地开来的火车已经在进站,然后我们往城市方向坐四站,到哈纳伯格就不得不下车。走到一条小路上的时候我知道她很可能会哭,她突然就大哭起来。我在前一站菲尔哈马尔就看出了迹象,马上就明白得立刻下车。已经很久没见她这个样子了。我以为她都释怀了,就像她对晕倒的事已经释怀了一样。

现在她弯腰站在一株灌木边拍着胸口哭,我像保镖一样僵直地站在她身后,提高警惕以防随时有人经过这条路并问出会让我难堪的问题。没人来,她拍打胸口的力气越来越大,突然大喊起来，爸爸，爸爸，我透不过气来！爸爸，我透不过气来！声音里惊慌多于绝望，她跪倒在地，手牢牢地按住胸口，然后又打了自己一下，低声说，爸爸，爸爸，我透不过气来！我跑过去在她身边俯下身子，紧紧握住她的肩膀，感觉到她瘦得瘦骨嶙峋，心想，妈的，我都去干什么了？是不是我们之间真的出现了距离，一层隔膜，蒙住了眼睛，那样的话就是我的眼睛让我无法看清她变成了什么样子，而她却把我看得一清二楚，但现在我不去想这些。我说，吸气，维迪丝，深呼吸，越深越好，屏住呼吸直到出现奇怪的感觉。照我说的做，我说。她照我说的做了，我听到一声长长的喘息，然后就安静下来了。她屏住呼吸，死死瞪着前方，鸦雀无声，不走漏一丝气息，接着一切又重启，维迪丝像从深海中游上来一般，"哗"的一声露出水面，我以为她会晕倒，于是把她抱得更紧，心想，这是我最后一次这样抱着她。

从市中心我们坐公交车到斯多尔大街，经过歌剧院走廊，公交车在我们称之为"煤气厂"的地方转弯，抬头经过雅克布教堂——严格地说已经不是一座教堂，但我刚成人那会儿还是。公交车继续开到玛丽达尔路的悦兰大街，爬上长长的坡，直到我们在十字路口下车。道路在那里分开，向左通往宇勒沃和马尤氏顿，向右通往萨格纳、比约尔森——我离婚后住的地方。

我们穿过悦兰大街上坡朝路易森卑尔格医院走，手拉着手。

去精神科要上两层楼梯。比我想象的小很多。我也不知道自己想象了什么,很可能是从哪部电影里看来的,或许是《飞越疯人院》,要么就是海报刚刚撤下来的《十二只猴子》,电影里看到的画面可不怎么让人舒服,但说实话我早就不相信实际情况会是那样的了,反正在此时此刻的挪威不可能,哪怕曾经是那样的,那时候我也不会像三月的这一天这样出现在那里。

反正我进去了,问出现在我眼前的第一个白大褂,这里有没有什么护士长之类管事的人,就是我可以咨询一下的领导,还真有。白大褂指了指走廊另一头一扇开着的门。她在那儿,在门背后。好吧,我心想。那扇门背后。我说,多谢,就像我父亲总说的那样,不是谢谢,而是多谢,他出生于1911年,可能是这个原因。

维迪丝和我朝那扇开着的门走去,门边走廊上放着一张写字台。它更像是一张书桌,挺像三十多年前我们在小学里用的那种,这张有可能就是那个年代的,周围没什么东西看着是新的。维迪丝,我说,在这儿等一下,我进去和她说句话,维迪丝什么都不说,什么都不做,只是停下脚步直挺挺地站着。

我敲敲门框刚要进门,看到门背后只是一间盥洗室,每次只够站一个人,她突然转身,我们之间只有不到一米的距离。我眼前肯定就是她的脸了,不可能是别的什么东西。她跟我差不多岁数,可能刚哭过,那也是她自己的事,她是来这里洗脸的,正在擦干,她背后就是个洗手台,还有个单独的水龙头。

看起来就是这样。她好像刚哭过。她就这么直视着我的眼睛，就像我直视着她的眼睛一样。她没有躲闪一分，没有低下目光，最后我只好低下头，有那么一刻我看到了自己的鞋，从泥泞的大街上走过来，真应该好好擦一擦。然后我又抬起头看她的脸，稳住视线：我想送我女儿进这个科。是吗？她说。就这样，也不解释一下？是得解释一下，我说，是有理由的。

我也不知道她是怎么看待面前这个人的，是不是能看出什么特征来，对我这样的人是不是有经验，我需要的就是这个，一个对我这样的人有经验的人，明白我这样处境的人，不会把我拒之门外，而是推我一把，她所做的，是关上了盥洗室的门，从距走廊不远处的墙边的窗下拿来两张钢管椅，放到书桌前。然后绕过书桌坐到另一边，说，坐下吧。维迪丝，我说，我们坐下。维迪丝坐了下来，我也坐了下来。不知道为什么，我把双手放到了眼前的书桌边缘，好让她看见。我没有一根手指上有戒指，但还有戒指的印记，左手无名指上细细的白痕，是我永远好不了的伤疤。这是我的耻辱。她也没有戴戒指，没有任何戴过的迹象，我肯定不是要给她看这个，看我没有戒指。或许这正是我想要的，让她知道我是个身处困境的单身父亲。这不是真的，我不是单身父亲。但我确实身处困境。

她打开一个抽屉，从抽屉里取出两张表放到桌子上，表情沉着，在表上放了支钢笔，双手交叉也放到桌上，但并不是像祷告那样。什么理由，她问。

什么理由。我试着整理思绪，什么理由，什么理由。我看看周围，事实上这是第一次。走廊过去一点的地方有个男人脸紧靠着墙。他正用额头撞厚重的墙，并不用力，也不快，但看得出来，咚，停一会儿，咚，再停一会儿，再咚一下，看上去很痛，我希望他能停下来。走廊深处有个女人几乎是向我们跑过来，每一步都高高抬起膝盖，小臂僵挺地悬在身边，指尖向下。她很奇怪，面无表情，沉浸在自己的世界里，唯一活跃的就是两条奇怪的腿。如果从侧面看她跑的话，其实速度很慢，她甚至都不朝我们这个方向看一眼，她没看见我们，就像《走出非洲》中的马赛人，但维迪丝的目光跟随着那个女人，脸上露出些神情来，轻轻地咬着嘴唇。我朝她完全转过身，我们看着对方，绝望在她脸上展开。我慢慢转向那个白衣女子，手插一插头发，我可能也不是很确定，我说，不知道这是不是正确的选择。之前觉得是，现在不确定了。或许我们该等等。我又看看维迪丝，从她眼里看到一丝微弱的同意。或许我们不该送她来，我说。停顿片刻。白衣女子看着我，看了很久，是我的话就不会，她说，现在不会。她这么说不是跟我抬杠，恰恰相反，她这么说是出于同情，她站在我这边。知道该这么做并不容易，她说，我也有大孩子，不容易的。不容易，我说。我觉得自己都快哭出来了。那两张表还躺在桌子上，但现在看起来很碍眼，就像那三十枚银币等着挂上我的名牌，她看出来了，拉开抽屉把表格又放了回去，关上抽屉。我抽了抽鼻子。但我总得做点什么，我说。说得没错，她说。

第三十章

试试奥斯陆医院，她说，跟他们谈谈，我可以打电话去，说你们会去，或许他们能帮到你。多谢，我说。我们站起身。维迪丝，我说，那我们走吧。我握了握那个白衣女子的手，很可能用力过猛，然后松开手，走向出口。祝你好运，她说。我转过身。希望你能做到，她说。我都想上去吻她了。并不是因为她没有戴戒指，而是她冲我微笑的方式。

我们下到亚历山大·谢兰广场，这儿也没有出租车愿意停下来，不管车顶上亮着什么灯，不管亮没亮灯，不管车里有没有人。我开始计较起来，为什么没有一辆出租车肯停，我有什么让他们看不顺眼的。我看上去很绝望，太绝望，我就是很绝望，只有出租车可以帮我解围，别的交通工具都要花很长时间，我想赶快过掉这一天，这样就不用再去想这一天的尽头有什么在等着我，除了崩溃还会有什么在等着我。我累坏了。但最后我还是说，算了，我们坐公交车吧，维迪丝。我们离仙鹤饭店门口的公交车站不远，那家饭店我去过，那些耳鬓厮磨的喧嚣夜。现在都已经过去了。维迪丝面朝瓦尔德马·特拉内大街，阿克尔河上的桥和萨洛蒙鞋厂，厂已经不复存在了，但房子还在。我想起在那儿度过的圣诞联欢会，黑白照片上我穿着夺目的水手服，用白色带子挂着口哨，并不像伯格曼[1]电影里的亚历山大。电影里的衣服只是水手服，浅蓝色加短裤，甲板上的水手都那么穿，但我的几乎可以用高贵来形容，黑色，笔挺的长裤，更像是大副或船长穿的衣服，尽管肩章不是。现在没人穿水手服了，我心想，很可惜，水手服比我们的民族服饰好看多了，至少对男孩来说，应该作为所有孩子出席圣诞联欢会、夏季联欢会的规定服装，最好生日聚会等各种庆祝场合都穿，这样的话可以在短时间内消除阶级差异。但这只是胡说八道，永远不可能发生，怎么会发生呢。另外，水手服还挺贵。我们买的是二手的，然后又从我哥哥那里传给我。萨洛蒙鞋厂有圣诞联欢会，谁还会想去伯格曼电影里的大房子。

红色大巴来了，没过多久我们就下到那座几乎全新的购物中心"奥斯陆之城"，得在那儿换电车，让它继续哐当哐当地把我们带到老城和奥斯陆医院。

我们在奥斯陆大街和史崴郭大街的交叉路口下车，我觉得

---

[1] 英格玛·伯格曼（1918—2007），瑞典导演、编剧，代表作为《芬妮与亚历山大》《第七封印》等。——编者注

从这里走到医院的距离正合适，这样我们就可以沿着人行道，混作任何普通行人而非匆匆赶往医院的急诊病人。"急"这个字已经变得让人难以承受。

我们下到人行道上开始走。但维迪丝动作僵硬，像得了关节炎，我真希望她能像别人那么走，因为可能会有人经过我们时停下来观望，心想为什么我们要朝这个方向、朝医院走，周围的人都知道那是家什么医院。但我不知道让人产生这个念头的是维迪丝还是我。我怀疑是后者，不管怎么说维迪丝现在的状况也没法好好走路。

这时我突然毫无征兆地想起：我是在接受考验，那天是一场考验，突然我就明白过来，或许已经是大考了，我要坚强，我要坚持，我要满足的不仅是维迪丝的要求，还有图丽的要求，甚至还有少年儿童精神疾病诊所那些女人的要求，我要满足她们的要求。我带着姑娘们去找过她们，就在几个月前，这让我很害怕，让我说不出什么像样的话来，她们对我抛来的目光都能让我无地自容。图丽也在，但从她那边得不到什么支援，她很少静下来让我说话，几乎都搞不明白为什么我在那儿。是谁让我们来的，为什么让我们来。显然，是我的错，房间里的每个人都那么认为，我能感觉到，她们很可能是对的，我的错就像房间里的一层飘动的纱帐，但我并不知道自己究竟错在哪儿，我的脑子太热，烧了起来，在沸腾的血液中我都听不到自己的思想，只想离开那个地方。

但现在谜团解开了。过去了。感觉真美好。你听到了吗？永达尔，我在心里说，美好。我说，维迪丝，你觉得呢？我们今天就到此为止吧。我松了口气，但也累坏了，我说，我们改天继续，或许过了周末再说，这我不反对。我的鼻子离医院大门只有一米远。我等着，没有转身。如果必须进去就进去，那样我就按门铃了。好的，爸爸，维迪丝突然说。我吓了一跳，这是从哈纳伯格到现在她第一次说话。我转过身，她微微地笑了，我也笑了。我说，好，那我们就这么定了。我走下矮矮的台阶，我们一起走过石铺地，另一边的人行道旁，有人走下一辆出租车，我挥挥手，司机看见了我，没有亮车顶的灯，停在那儿响着发动机等。我说，维迪丝，我们别闹了，坐出租车去谢腾吧。我有的是钱，我是作家。好的，爸爸，她说。就这么定了。

我们手拉手穿过马路，那天我们就是那样，沿着人行道走向出租车，司机摇下窗把胳膊肘支在窗框上，他伸手打了个招呼，微笑着问，去哪里？语气幽默，我想，我得坚强，我现在就很坚强，然后我们坐进出租车。谢腾，我说。慢慢开不着急。没什么可着急的。